U0902076

教育部哲学社会科学研究普及读物项目

Popularized Readers of Humanities and Social Science Sponsored by the Ministry of Education

共和国文学的经典记忆

Classic Memories : Chinese Literature After 1949

张文东·著

江苏人民出版社
江苏凤凰美术出版社

图书在版编目(CIP)数据

共和国文学的经典记忆/张文东著. --南京:江苏人民出版社,2017.7

教育部哲学社会科学研究普及读物项目

ISBN 978-7-214-21080-7

Ⅰ.①共… Ⅱ.①张… Ⅲ.①中国文学—当代文学—作品综合集 Ⅳ.①I217.1

中国版本图书馆CIP数据核字(2017)第166423号

书　　名	共和国文学的经典记忆
著　　者	张文东
责任编辑	卞清波　张泉泉
责任校对	洪　扬
责任监制	王列丹
出版发行	江苏人民出版社 江苏凤凰美术出版社
出版社地址	南京市湖南路1号A楼,邮编:210009
出版社网址	http://www.jspph.com
照　　排	江苏凤凰制版有限公司
印　　刷	江苏凤凰新华印务有限公司
开　　本	890毫米×1240毫米　1/32
印　　张	7.375　插页1
字　　数	144千字
版　　次	2017年8月第1版　2017年8月第1次印刷
标准书号	ISBN 978-7-214-21080-7
定　　价	32.00元

总　序

纵观党的历史，我党始终高度重视实践基础上的理论创新，坚持用理论创新成果武装全党，教育人民，引领前进方向，凝聚奋斗力量。七十多年前，著名的马克思主义哲学家艾思奇撰写的通俗著作《大众哲学》，引领一代又一代有志之士选择了正确的人生道路，影响了中国几代读者。

党的十八大以来，习近平总书记把握时代发展新要求，顺应人民群众新期待，提出了一系列新思想、新观点、新论断、新要求，这些推进理论创新的最新成果用朴实、生动的语言，以讲故事、举事例、摆事实的方式与人民同频共振、凝聚共识，增强了人民群众对中国特色社会主义理论体系的认同感和知晓度，凸显了当代中国马克思主义大众化、群众性的基本特征，成为新时期理论创新大众化的新典范。

高等学校学科齐全、人才密集、研究实力雄厚，是推进马克思主义中国化时代化大众化、普及传播党的理论创新成果的重要阵地。汇聚高校智慧，发挥高校优势，大力开展优秀成果普及推广，切实增强哲学社会科学话语权，是高校繁荣发展哲学社会科学的光荣任务、重大使命。

2012 年，教育部启动实施了哲学社会科学研究普及读物项目。通过组织动员高校一流学者开展哲学社会科学优秀成果普及转化，撰写一批观点正确、品质高端、通俗易懂的科学理论和人文社科知识普及读物，积极推进马克思主义大众化，阐释宣传党的路线方针政策，推广普及哲学社会科学最新理论创新成果，让中国特色社会主义理论体系和党的路线方针政策，更好地为广大群众掌握和实践，转化为推进改革开放和现代化建设的强大精神力量。与一般意义的学术研究和科普类读物相比，教育部设立的普及读物更侧重对党最新理论的宣传阐释，更强调学术创新成果的转化普及，更凸显“大师写小书”的理念，努力产出一批弘扬中国道路、中国精神、中国力量的精品力作。

实现中华民族伟大复兴的中国梦必将伴随着哲学社会科学的繁荣兴盛。我们将以高度的使命感和责任感，坚持学术追求与社会责任相统一，坚持正确方向，紧跟时代步伐，顺应实践要求，不断加快高校哲学社会科学创新体系建设，为不断增强中国特色社会主义道路自信、理论自信、制度自信，推动社会主义文化大发展大繁荣作出更大贡献！

教育部社会科学司

2014 年 4 月 10 日

目　录

前　言

共和国文学是一个持续建构的过程，在满足大众需要的同时，也引领着时代精神走向。在社会主义初级阶段，文学经典便承担了这样一种功能。优秀文学作品不仅体现了一代代文艺工作者对文学核心理想的建构，对价值理念的传播，更体现了中国当代文学的经典化过程。因而考察社会主义价值传播、理想建构与当代文学经典的生成过程，不仅是社会科学研究的主要方向，更是社会主义核心价值体系建构的重要组成部分，对广大读者认识纷繁复杂的文学现象，确立正确的思想价值观念无疑具有强大的引导作用。经典文学本身就意味着其接受具有较大的广度和影响力，而我们以价值理想的视角来重新审视这些经典文本，重新解读其经典形象和记忆，可以更加彰显出文学对于时代潮流、大众群体的影响力，进而激发读者的共鸣，形成对社会主义文学的深刻理解。

一、“共和国文学”

当“共和国”和“文学”组合在一起，很多人脑海里首先出现的是“高大全”、“样板戏”、“工农兵文学”等关键词。前者和后者可能存在交叉的地方，但绝对不能等同，它们在内容、人物、风格、形式、理论指导、传播方式上都有很大的不同。

对于“共和国文学”，学者杨匡汉等人的定义是较有诗意并较被认同的：“我们提出以六十年为相对独立时段的‘共和国文学’的文学概念，着重考察的是新中国大陆文学在选择并开辟具有中国特色的社会主义发展道路上，如何经历种种探索和经受重重考验所获得的正反两方面的历史经验，如何以时代的晴雨表与现实的多棱镜的身份感应革命、建设和改革的脉搏而留下曲折中前进的印证，如何在服务于人民、服务于社会主义的实践中传达着民族的颂歌和悲歌，如何从一种绝对支配地位的文学形态发展到既肯定主流又承认多样的足可共享的文学时空，又如何有大批立志于年轻之时、追求于毕生之途的文学工作者在不无彷徨和困扰的奋斗中为共和国文学的成长贡献了宝贵的血泪、智慧和才情。”①

这一定义兼顾了很多影响共和国文学的因素：时代、政治、方针、区域、理想、素养等等，充分肯定了共和国文学对中国特色社会主义道路发展的意义。它首先强调了共和国文学和中国当代文学在区域指向上的不同——“中国大陆”的而非“两岸三地”的，之所以不包括港澳台是建立在承认体制对文学必然产生影响的事实前提下。这一概念之所以显得有点冗长和情绪化是因为“共和国文学”的提出源于可贵的“问题意识”：共和国文学的形成和历程，在中国当代文学中的地位和扮演的角色，对中国当代文学经典形成的影响等。它包含了作者对于文学发生环境、发展历程、写作方式、作品

---

① 杨匡汉. 共和国文学 60 年[M]. 北京：人民出版社，2009：5.

形态、读者接受等问题的思考，是站在开始到现在的六十年后融合了时间、政治、作者、读者等因素对共和国文学的一种追问和思考。这一概念的提出还显示了研究者的一种勇气：对于一些文学避之唯恐不及的因素、经过血泪教训才逐渐卸下的重担，他们采取了正视、承认乃至局部肯定的态度。

共和国文学是结合了中国特殊国情和特殊时期的产物，这一概念提供了一个看待中国当代文学的新角度，它比中国当代文学这一线性定义要更细致更灵活。这一概念的提出有助于一些被遮蔽的文学现象浮出地面，它的现实意义大于期许，更重视作品产生的环境和产生后的事实而非刻板的文学性标准，避免了因为固守文学性的标准而忽略一些举足轻重的文学作品和现象。

厚古薄今是很多人的通病，他们认为当代文学乏善可陈，与现代文学相比，当代文学的曲折更像是“人祸”。但毕竟还要看到，没有长期以来当代文学的所谓“乏善可陈”的积淀和积累，又怎么会有今天文学的繁荣昌盛？与缺乏理性的厚古薄今形成对比的是，共和国文学在风风雨雨中走过了六十多年，已产生了大批读者耳熟能详的作品，已有大批文学形象深入人心。更难能可贵的是，作品传达的价值理想已在几代人脑海中打下烙印，而他们已成为共和国建设的中坚力量。六十多年后，共和国经历的坎坷，更应该被看作一种宝贵的财富和经历，仍用是非对错的标准来衡量已意义寥寥，六十多年后的共和国文学的事实意义更应该得到重视。而我们之所以要完成这个选题，就是想站在承认事实的平台上，承认共和国文学对新中国主人公价值理想形成卓有影响的事实，承认共和国文学对于共和国建设功不可没的事实，承认共和国文学对于社会主义核心价值体系建构多元助力的事实。

二、“经典记忆与价值理想”

成为经典需要一些必备的条件。首先，经典应该具有民族史诗的品格，它是民族历史的浓缩，能呈现一个民族艰难中前行的过程，能揭示人民物质进步和精神探索的历程；其次，经典还应具有思想上的先进性，它所彰显的意识、精神不仅曾是引领民族前行的力量，还能超越时间的局限，成为我们至今仍应具有的品质；同时，经典本身即意味着广泛的传播和认同，无论是在共时还是在历时的意义上，一部作品之所以成为经典，都一定是具有广受赞誉和历久弥新的特性的。因此，对共和国文学经典进行重新梳理和再次呈现就显得意义重大。需要强调的是，经典并不意味着绝对正确。时过境迁，沧海桑田，经典所呈现的一些价值理念和精神品质，又要重新经受一番考量，适应于过去的未必就适用于今天，这是发现共和国文学的经典记忆和价值理想的又一意义：这是个舍与得的过程，即通过对历史的梳理，发扬经典，抛弃糟粕。

需要说明的是，与“从学理层面上总结其经验教训，探讨其荣辱得失”①的学术研究不同，“共和国文学的经典记忆与价值理想”的出发点并非学理，而是共和国文学对社会主义核心价值体系形成卓有影响的事实。社会主义核心价值体

① 杨匡汉. 共和国文学 60 年[M]. 北京：人民出版社，2009：1.

系包括社会主义共同理想、以爱国主义为核心的民族精神和以改革创新为核心的时代精神、社会主义荣辱观等，具有普遍性、民族性与崇高性的特点，代表了我们民族和国家精神的高度，也是支撑现代化走向的决定性因素。“共和国文学的经典记忆与价值理想”就是要以社会主义核心价值理想的建构与传播来衡量文学作品，把核心价值体系当作衡量与判断一部文学作品不容忽视的价值标准，把文学作品传播的经典记忆和价值理想看作是参与社会主义核心价值理想的方式，更看重的是文学参与核心价值体系建构的社会事实而非文学学理。

值得注意的是，共和国文学处在一个特殊的时期，尽管至今还有很多人对其多有诟病，甚至因为其艺术与外围因素的过从甚密而痛心疾首，但任何人都不能否认的是，也许恰恰是因此，“五四”、“十七年”等时期，才在一定程度上呈现出了某种让很多作家至今艳羡不已的文学与社会、读者的“天人合一”：一部作品诞生后立刻风靡不已，读者对故事耳熟能详，作品中的人物形象成为一种精神的代名词。雷锋的大公无私乐于奉献，江姐的大义凛然视死如归，李双双的勤劳乐观快人快语，保尔·柯察金永不屈服的钢铁意志……即使在几十年后，已有一些人对故事情节感到陌生，但这些名字所象征的品质和精神已深入人心并化为民族建设的血液，这就是经典记忆和价值理想在社会主义核心价值体系建设中留下的痕迹。

因此，在作品的选择上本书将延用“共和国文学”这一概念，但因为更加侧重的是“记忆和价值理想”这一主题，所以在常见文学作品之外还增加了其他的艺术形式，如翻译作品《钢铁是怎样炼成的》，雷锋事迹的记录《雷锋日记》，电视剧《渴望》，话剧《陈毅市长》……这些作品对于人们价值理想和核心价值体系形成产生的影响，丝毫不比一般文学作品逊色。

三、思路和方法

本书作为一部当代文学的普及读物，框架设计有意识地区别于传统的学术研究著作和专业教科书，采取以点带面、以小见大、以述带论的风格体例，在个案分析的基础上，融合作品论、作家论及文学史的宏阔视野，深入挖掘社会主义文学核心理想的建构、价值观念的传播及当代文学经典的复杂生成过程。紧紧抓住共和国文学及其经典记忆的一些关键词——共和国、社会主义、共产党、信仰、革命、英雄、奋斗、坚守、责任、改革、发展等等，以时代的变迁为经，以文学的事件为纬，结合当代文学经典的生成分析社会主义核心价值体系的构建与发展，从多个侧面对社会主义核心价值观念的传播、文学理想的建构及当代文学经典的生成进行探讨。结合时代与价值理想内涵，把共和国文学分为五个时期，通过文本解读逐一阐释时代的价值理想内涵。

1. 信仰忠贞与“革命记忆”(1950 年代)，共产主义信仰和革命斗争历程

崇高的信仰之于中国革命与建设的重要性不言而喻，它支撑着我们民族从苦难走向光明，从落后走向现代。魏巍的《谁是最可爱的人》，曲波的《林海雪原》，杨沫的《青春之歌》，罗广斌、杨益言的《红岩》等文本，蕴含了对共产主义信仰的

忠贞与坚守的时代主题，不论是林道静、江姐，还是其他革命战士，信仰使他们能够无往而不胜，而他们对信仰的忠贞，也逐渐成为我们民族信仰的重要组成部分之一。

2. 理想昂扬与共和国建设（1960 年代），社会主义建设的时代强音和昂扬向上的理想主义精神

社会主义共和国的建立使中国人充满自豪感，也激发了他们建设新生活的伟大理想，浓厚的理想主义，是整个时代的色彩。柳青的《创业史》、李准的《李双双小传》，以及《雷锋日记》等充分地显示出，20 世纪五六十年代是理想主义昂扬的时代，社会主义建设正是凭借了亿万群众的理想和奋进而迅速摆脱一穷二白的落后面貌。在这一时期的文学中，无论是个体，还是群体，都有着对共产主义的理想追求，而且也甘愿为此奉献力量，远大理想成了时代的最强音，它引发了整个时代的共鸣，也应该成为今天的宝贵财富。

3. 坚韧顽强与共和国精神（1970 年代），特殊时代所造就的特殊品格

20 世纪 70 年代是共和国历史上一个特殊的阶段，社会主义中国在曲折中继续前进，但这个阶段却仍在人民的记忆里留下了众多的经典作品，其中既有描绘革命历史故事、坚守共产主义信念的艺术作品如《闪闪的红星》、《草原英雄小姐妹》、《红色娘子军》等，也有在特殊阶段表达人民内心渴求和信念的作品如《天安门诗抄》、《第二次握手》等，历史的蜿蜒曲折表达了共和国坚韧顽强的性格特质，而这一特质则发人深思，值得永远铭记。

4. 创新奋进与改革开放(1980 年代),新的时代与新的生机,新的挑战与新的进取

20 世纪 80 年代的中国社会焕发出了新的生机,与社会改革发展相应的是中国人的创新意识与进取精神的勃发,蒋子龙的《乔厂长上任记》、徐迟的《哥德巴赫猜想》、路遥的《平凡的世界》、李存葆的《高山下的花环》等作品,从不同领域、不同角度展现了执着奋进、创新发展的中国人的精神世界。自强发展与融入世界的梦想激励着整个民族,如乔光朴那样的形象成为了时代的楷模,体现了社会发展的需要,以及大众审美与价值建构的需要。

5. 坚守承担与重塑价值理想(1990 年代),大众化、商业化的时代里找到并铭记健康积极的价值理想

我们民族一直都不缺乏充满责任意识、心怀天下之士,他们守望着民族,守望着时代,同时也引领着整个时代的精神走向,反映这类主题的作品有张平的《抉择》等。同时,不同题材和体裁的反映日常生活的文学艺术作品,如《渴望》、《贫嘴张大民的幸福生活》等,也都用不同的文本形式,为大众文化背景下的社会主义文学丰富了色彩。尽管商业化的时代里,曾经激励民族向上的信仰、理想有被淹没的可能,甚至道德、价值也可能失范,但我们仍然可以鲜明地看到,健康积极的价值观念和坚守奋进的理想精神在文学经典中并不稀少,就像现实中的许许多多或官或民的人一样,他们出于责任意识而选择承担,恪守着价值规范的底线。

本书选篇上坚持经典性、先进性、文学性三结合。经典性指的是能够代表时代文学潮流以及时代文学最高成就,在

普遍的文学接受意义上具有巨大而长久的影响力；先进性指的是蕴含积极的价值理想，如爱国主义、牺牲精神、坚守信仰、改革创新、勇于承担等；文学性是指作品在人物、语言、叙事、结构等方面做出了有益的创新探索，并提供了有价值的艺术贡献。总的要求是其艺术成就和价值理想历久弥新、永不过时。对作品的梳理和呈现坚持思想性与艺术性相结合，以社会主义核心价值理想的建构与传播来衡量共和国文学建构发展中的文学现象与作品；科学性与权威性相结合，既符合一般文学史的定位，又有自己独到的选择和阐释；学术性与可读性相结合，既要达到学术研究的较高水平，又要用通俗易懂、活泼生动的方式和语言呈现出来。

为了达到上述要求，本书将采用如下方式：

1. 文字和图像相结合。每部作品尽可能选入一幅有代表性的版本封面、人物插图、作者像、影视剧照或与文本内容相关的其他图像等。在读图的时代采用图文并茂的呈现方式，更容易为读者所接受，使读物活泼生动的同时也给予读者新鲜感和现场感。在作品介绍前设出版信息、主题精神、记忆因子、关键词等内容，以便直接唤醒读者记忆。为尽可能呈现共和国文学的经典记忆，选入的作品尽可能采用最早的版本，力求还原那个年代的记忆。

2. 展现文学作品的时代背景。文学经典的思想内容、人物塑造、价值取向等均与社会时代直接相关，背景的介绍，不仅能够使读者更好地了解和体味文学经典的时代气息，也能够通过不同时代文学作品的对比，体现出共和国文学中生生不息的价值理想的建构表述。

3. 复述经典作品的主体情节。作为旨在服务大众的普及读物，在内容上应该首先具备可读性，所以对文本情节内容的大体叙述是必要的组成部分，同时既有形象分析又有主题分析，强调价值与理想在共和国文学中的地位和在读者（观众）阅读（观赏）中的影响，力求达到可读性和趣味性的统一。

4. 阐释典型人物的形象发展、性格心理与价值取向。典型人物身上寄寓了作家的理想，也体现了整个时代的价值取向，更代表了社会主义新人的各方面特征。同时，我们还注重不同时代人物之间的内在逻辑关系，在社会主义核心价值理想这个层面上，共和国文学中的经典人物是一个有机的形象体系。

信仰忠贞的 1950 年代

《谁是最可爱的人》

文学类型:通讯特写

作者:魏巍(1920—2008)

发表刊物:《人民日报》

发表时间:1951年4月11日

主题精神:对革命英雄的赞颂,对光明信念的坚守

记忆因子:抗美援朝的战火,志愿军战士的坚毅,全国人民的感动

关键词:战士,英雄,祖国,爱,奉献

魏巍的通讯《谁是最可爱的人》的题材来自抗美援朝。

1950年6月25日,朝鲜战争爆发。7月7日,美国主导联合国安理会决议派遣联合国军支援韩国。8月中旬,朝鲜人民军已占领韩国90%的土地。9月15日,以美军为主的联合国军在仁川登陆,开始大规模反攻并很快逆转局势。10月25日,应朝鲜请求,中国人民志愿军高呼"抗美援朝、保家卫国"的口号入朝作战。1951年7月10日起,我国和朝鲜方面与联合国军开始停战谈判,经过战场和谈判桌上的多轮交锋后,1953年7月27日,《朝鲜停战协定》终于签订。这场战争的胜利,不仅沉重地打击了美帝国主义的侵略政策和战争政策,也坚实地保卫了我国的安全,巩固了我国刚刚建立不久的人民政权,同时极大地提高了我国的国际威望,对国际

局势产生了深远的影响，具有重大的历史意义和现实意义。

在这场战争中，中国人民志愿军表现出了令中朝人民永远铭记的英勇、坚韧以及爱国主义、国际主义精神。在牺牲的十几万名烈士中，有军职干部 3 名、师职干部 10 余名、团职干部 200 多名，战士中更是涌现出了许多可歌可泣的英雄事迹。邱少云所在连队奉命于夜间在距敌 60 米的山脚下潜伏，以待次日傍晚发起突袭，中午时潜伏地被敌人盲目发射的燃烧弹击中，为了不暴露部队的行动计划，保护战友，他忍着烈火炙烧的剧痛在 5 个小时里一动不动，直至牺牲；杨根思奉命率领一个排坚守小高岭阵地，先后连续打退了敌人在飞机、大炮掩护下的 8 次疯狂进攻，最后只剩他与两名伤员，弹药也已用尽，于是当美军发起第 9 次进攻时，杨根思抱起最后一个 5 公斤重的炸药包冲入敌群，与 40 多个敌人同归于尽。不仅是他们，还有用胸膛堵枪眼的黄继光，有以身躯开路的许家朋，有拉响手榴弹冲向敌人的孙占元，有冒严寒、跳冰窟、救少年的国际主义战士罗盛教……都在中朝人民的心中树起了丰碑。

于是，在建国初期涌现了大批歌颂“抗美援朝、保家卫国”的文学作品，如魏巍的长篇小说《东方》、谷岩的长篇小说《三八线上的凯歌》、巴金的小说《团圆》等，但尤其以纪实性的通讯、报告、特写在当时影响最大，并成为这一时期文学创作中最重要的收获。巴金、靳以、菡子、刘白羽、杨朔、黄钢等都写过这类通讯报告，如《生活在英雄中间》、《我们会见了彭德怀司令员》、《和平博物馆》、《朝鲜在战火中前进》、《对和平宣誓》等，都是其中的名篇，而传播最广泛、影响最热烈的就是魏巍的这篇《谁是最可爱的人》。

魏巍(1920—2008),河南郑州人,原名魏鸿杰,曾用笔名红杨树,代表作有长篇小说《东方》、通讯集《谁是最可爱的人》、散文《我的老师》等。他毕业于延安中国人民抗日军事政治大学,建国后曾任《解放军文艺》副总编,北京军区宣传部副部长,中国文联顾问,中国作家协会第四届理事,第一、二、三届全国人大代表等。抗美援朝期间,魏巍曾先后三次奔赴朝鲜前线,陆续发表了《谁是最可爱的人》《战士和祖国》《汉江南岸的日日夜夜》《年轻人,让你的青春更美丽吧》《依依惜别的深情》等作品,都在当时产生了很大的影响。散文集《谁是最可爱的人》于 1951 年正式出版,"最可爱的人"更成为赴朝鲜作战的"志愿军"士兵的代称。在前线的日子里,魏巍亲身感受了战地炮火的轰鸣,亲眼看到被热血浸透的土地,亲耳听到了失去家园的人们的悲泣,亲手握过我们的战士们满是伤痕的手臂。他迫切地想把自己的所见所感呈献给广大人民。《谁是最可爱的人》这部作品就是作家在战士们的感召下完成的:"我能写出《谁是最可爱的人》,最基本的原因,是我们的战士的英雄气魄、英雄事迹,是这样的伟大,这样的感人。而这一切,把我完全感动了……《谁是最可爱的人》这个主题,是我很久以来就在脑子里翻腾着的一个主题。我在部队里时间比较长,对战士有这样一种感情,觉得我们的战士是最可爱的人。每当我和他们坐在一起,不知道为什么,我就觉得满心眼儿的高兴。"为了真正写出战士们的英雄风采,魏巍共记录了 20 多个他认为最生动的例子,但最后只选取 3 个例子完成了《谁是最可爱的人》的创作。他说:

“在朝鲜，我脑子里经常想着一个问题：我们的战士，为什么那样英勇呢？……跟我谈的，有指挥员、战斗英雄、一般的战士、干部、新参军的学生和过去曾经是落后的人。我了解到，他们由于锻炼与认识的不同，虽然有些差异，但是都有着共同的一点，即对于伟大祖国的爱，对朝鲜人民深刻的同情，和在这个基础上的做一个革命英雄的荣誉心。于是，我了解了在党的教育下这种伟大深厚的爱国主义与国际主义的思想感情，就是我们战士英勇无畏的最基本的动力。”这也同样是魏巍留在前线并创作出经典通讯作品《谁是最可爱的人》的动力之源。

作品具有重大的历史意义与精神内涵，一经刊出，便在社会上引起广泛强烈的反响，可以说是那个时代最具有影响力的文本之一，不仅让“最可爱的人”成为50年代里志愿军的代名词，而且在其后的岁月里深刻地影响了几代人。尤其是它对抗美援朝战争做了“当时”和“原景”的记录，其意义已不仅仅是一篇文章，而是那个时代的文化符号，蕴含的是丰富的精神遗产。

作品中，作者始终是用亲切又朴实的话语来讲述着他在战地亲身经历或听到看到的真实故事。他描写战士们在战场上拼杀，部队的先头连为了阻住敌人，给大部队争取时间，承受着敌人飞机、坦克的炮轰，一次又一次把敌人消灭在阵地前……激战整整持续了八个小时，战士们的子弹打光了，蜂拥上来的敌人占领了山头，飞机掷下的汽油弹在战士们身上燃起了火，但我们的战士依然勇敢地扑向敌人，让他们身上的战火和心里的怒火，把占领阵地的敌人烧死烧光。于是战士们年轻的剪影永远定格在了那一刻:有的抱住敌人的腰,有的抱住敌人的头,还有的紧紧卡住敌人脖子,把敌人捺倒在地上,他们和敌人倒在一起,烧在一起。有一个战士,他的嘴里还衔着敌人的半块耳朵。在掩埋烈士们遗体的时候,由于他们两手扣着,把敌人抱得那样紧,分都分不开,以致把有的手指都折断了……这种直观惨烈的描述,让我们仿佛也置身于滔天战火之中,看着我们的勇士们奉献他们的生命,抛洒他们的一腔热血。作为一篇通讯报告,采用这样的描述,无疑更是增强了文章的感染力和影响力。

在汉江南岸,刚从阵地上下来的马玉祥听到了孩子的哭声,心想:"朝鲜人民和我们祖国的人民不是一样的吗?"于是,他毫不犹豫地冒着烈火浓烟冲进屋里。在他身上,国际主义和爱国主义完美地交织在一起。在防空洞里,吃一口炒面就一口雪的战士认真地告诉作者:"我们在这里吃雪,正是为了我们祖国的人民不吃雪……我在这里蹲防空洞,祖国的人民就可以不蹲防空洞……"这些再普通不过的话语里,却十分真实地闪亮着志愿军战士为人民吃苦、为祖国献身的美好品格,映照着他们那颗善良朴实的心。在某步兵团,魏巍还曾经了解到一个数字,就是到第三次战役结束,这个团里伤员自己请求留下战斗的人数要远比进医院的多,让他不禁感叹这简直就是世界战争史上的一个奇迹!

文章没有华丽的辞藻,也没有多样化的叙事手法,但它仍然具有独特的艺术魅力。魏巍曾说,他所追求的是最本质的东西,所以他选择用最能代表一般的典型来阐释本质、突出本质,使人透析明白。他不仅描述战士的英雄行为,而且要写出“英雄行为中的英雄的思想感情”，让英雄的形象更生动、更真实、更感人。他还注重在现实生活中的亲身体验与感受，认为只有感受得深才能写得深，只有对战争前线和战士们了解得深，才能感受到他们身上的品格、精神、思想，才能使他人也沉入他们的情绪中。正因作者的主观情感与人物的情感和谐相融，其作品才有了特殊而强大的感染力，使读者产生广泛共鸣。此外，魏巍善于运用抒情、排比和设问等艺术手法，既能用平易近人的语调来诉说，又能让感情逐浪递进，逐步爆发出他内心的激昂澎湃，这种独特的散文艺术技巧，后来被人们称为“壮丽的诗”。就像我们在这篇通讯作品中可以感受到的一样，他的行文之中始终有着鲜明的诗的要素，鲜活灵动的意象、纯真质朴的灵魂、深刻的思想内涵以及如诗般奔放的情绪水乳交融，引人入胜。

使《谁是最可爱的人》成为最具有影响力的文学作品的因素，更重要也更突出的是它所表现的主题和精神。1953年的第二次文代会上，周恩来总理曾在讲话中推开讲稿对着话筒大声说：“在座的谁是魏巍同志，今天来了没有？请站起来，我要认识一下这位朋友。我感谢你为我们子弟兵取了‘最可爱的人’这样一个称号。”这部作品让我们更加深切地体会到，我们的战士为了人民能够过上再不挨饿受冻的幸福生活，再不为战火硝烟所侵扰，为了让祖国能够有更加稳定的国内发展环境，奠定在国际社会中发展的良好基础，宁愿自己承受痛苦，甚至牺牲自己的生命，而他们这种坚定的信仰、顽强的品格和深沉的爱国主义精神，不仅是作者要歌颂的，也是祖国人民时刻铭记的。这种民族胸襟和宽广气魄，以及崇高的国际主义精神，即便是在物质生活发展迅速的今天，也仍然值得我们呼吁和坚守，因为这种爱国主义和国际主义精神，始终都是振兴中华的强大动力和民族凝聚力。从这一点上来说，《谁是最可爱的人》不仅仅是文学的经典，更是时代、社会、历史的经典。

1950 年 10 月 19 日，首批志愿军部队跨过鸭绿江入朝

《林海雪原》

文学类型：长篇小说，电影

作者：曲波(1923—2002)，刘沛然(导演)(1922—2014)

发表刊物：人民文学出版社，八一电影制片厂

发表时间：1957年9月出版，1960年上映

主题精神：对革命英雄的赞颂，对敌人的憎恨，革命必胜的信念

记忆因子：东北解放战争，人迹罕至的林海雪原，革命英雄的传奇故事

关键词：林海雪原，解放战争，战士，英雄，传奇

"革命英雄传奇"在"十七年"长篇小说创作中占有重要的地位。新中国成立之后，大批在战争中出生入死的将士来到了和平年代，于是关于战争的各种"回忆录"、"故事"、"回忆体小说"等，在一段时间内成为文学创作的"热点"。许多第一次拿笔写作的军人，一夜之间变成了家喻户晓的军旅作家。同时，这种"革命英雄传奇"的出现还与中国文学一直以来极其丰厚的"传奇"传统有着深刻的联系。就像评论家王燎荧在1958年提出这一概念时说的，《林海雪原》可以说是一种特殊类型的小说，即"革命英雄传奇"。因为它既比普通的英雄传奇故事有更多的现实性，又比一般的反映革命斗争的小说更富于传奇性，所以后来人们往往用这个概念来指称采用旧的传奇文体讲述现代革命故事的通俗小说，如《洋铁

桶的故事》(柯蓝)、《新儿女英雄传》(孔厥、袁静)、《吕梁英雄传》(马烽、西戎)、《平原枪声》(李晓明)、《烈火金刚》(刘流)、《铁道游击队》(知侠)、《野火春风斗古城》(李英儒)、《小城春秋》(高云览)、《敌后武工队》(冯志)等,这类作品延续了中国传统的历史演义和英雄传奇的叙事经验,有时甚至借用传统武侠小说的形式,来讲述新民主主义革命的历史和人物,“用旧瓶装新酒”的方式,产生了更好的“寓教于乐”的作用,所以在“十七年文学”时期反响强烈。这其中,曲波根据自己的经历创作的长篇小说《林海雪原》可以说是我国当代影响最大、拥有读者最多的一部革命英雄传奇。

《林海雪原》封面

曲波(1923—2002),当代作家,山东蓬莱人,出身贫农家庭,只读过五年半私塾,1938 年参加八路军,1940 年加入中国共产党,1943 年在胶东抗日军政大学学习,毕业后任胶东军区报社的记者,1945 年担任牡丹江军区二团副政委。1946 年冬受上级指示,带领一支小分队进入林海雪原,经过近半年的艰苦战斗,终于歼灭了国民党在牡丹江一带的残匪,期间战友杨子荣在追剿匪首的战斗中英勇牺牲,年仅30岁,警卫员高波也死于二道河敌人的一场伏击战中……这些都成为作家后来创作《林海雪原》的重要生活基础。1950年曲波因重伤转业到地方工作,在对工人进行传统教育时,他经常讲杨子荣的战斗故事,“四年中讲了七八次,越讲越精炼、集中,越叫座”,久而久之便产生了一个强烈的念头:“过去,我只是口讲,听者虽有很多,毕竟天地太小,为数甚微。能否写成几本书呢?那样传颂得不是更广吗?”于是在妻子刘波的支持下,1954年开始,曲波以顽强的毅力利用业余时间创作,终于在1956年8月完成了40万字的长篇小说《林海雪原荡匪记》,交给作家出版社(人民文学出版社的副牌)出版。经编辑龙世辉推荐,《人民文学》杂志1957年2月号以《奇袭虎狼窝》为题,从《林海雪原》中选载了《受命》、《杨子荣智识小炉匠》、《刘勋苍猛擒刁占一》、《夜审》、《蘑菇老人神话奶头山》、《破天险奇袭奶头山》等六章,副主编秦兆阳还亲自写了按语,由此引发了读者的关注与兴趣。同年9月,《林海雪原》由人民文学出版社隆重推出,以其浓厚的传奇色彩和战争写真立即引起轰动,作者也一举成名。

《林海雪原》的创作背景为1946年解放战争初期,当时国民党主要兵力压向东北,囤积在东北战场的兵力大大超过我军,而且我们的土地改革在后方尚未全部完成。同时在我军后方,国民党搜罗一些伪满官吏和警察宪兵、地主恶霸和惯匪流氓等组织成数十万土匪武装,号称所谓“中央先遣挺进军”,不断进行军事骚扰,使我军腹背受敌。虽然我军对后方这些反动势力进行了清剿并将其击溃大半，但是许多匪徒藏进了深山老林，等部队一旦离开，他们就出来疯狂地烧杀掳掠。而且因为这些匪徒大多是地头蛇，十分熟悉当地山林的地形道路，并且往往分成几股，依靠一些天险来和我军打麻雀战，所以用大兵团进剿等于用“拳头打跳蚤”，根本无济于事，必须用“既能侦察又能打”的小部队在林海雪原中与敌人周旋作战才能见效，这就是本书故事产生的历史缘由。小说讲述的是为了保护土地改革顺利进行，建立巩固的东北根据地，由少剑波带领的 36 人侦察兵小分队，深入长白山林区和绥芬草原，与这些“鲨鱼性、麻雀式”的敌人巧妙周旋，最终将其一网打尽的故事。全书一共 38 章，主要围绕四次大的战斗（奇袭奶头山、智取威虎山、绥芬草甸大周旋、大战四方台）展开故事，中间穿插一系列的小战斗（杨子荣智识小炉匠、刘勋苍猛擒刁占一以及雪地追踪、捉妖道等），大故事里套小故事，前一个故事带出后一个故事，环环相扣，惊险曲折。

自古典名著《三国演义》首先出现“五虎将”（关羽、张飞、赵云、马超、黄忠）的人物模式之后，很多传统的武侠小说都受到了这一模式的影响，《林海雪原》也套用了这一结构：忠诚勇敢的少剑波，胆识过人的杨子荣，身怀绝技的栾超家，骁勇威猛的刘勋苍，以及吃苦耐劳的“长腿”孙达得等。首先是小分队的指挥员少剑波，他六岁时父母双亡，唯一的姐姐将他抚养成人，后来姐姐加入了共产党，对他的一生产生了深远影响，使他在姐姐的教育和影响下逐渐成长为一名对党和人民无比忠贞的革命军人。作为队伍的最高指挥员，他机智过人、多谋善断而又镇定果敢，不仅深知剿匪的责任重大，也知道部队面临的严峻考验，但更多的是胜利的信心，所以每一次战斗，他都冷静地分析敌情，周密地部署作战计划，有胆有识、指挥若定，取得了一系列的胜利。小说还描写了少剑波与战友们的手足情、与老乡们的鱼水情，让我们回顾那段峥嵘历史、斗争岁月的同时，还能感受到战争硝烟中那丝丝不绝的人性温暖，尤其是他和女卫生员“小白鸽”白茹之间在艰苦卓绝的战斗中建立起的深厚而又朦胧的情感，以一种特殊的革命浪漫主义精神曾经打动了几代年轻人。

孤胆英雄杨子荣是《林海雪原》中给人印象最深的人物。他是贫农的儿子，先是个人带着对地主的血海深仇加入革命队伍，后来在党的指导教育下，终于明确了自己肩负的已不再是个人的复仇，而是要把“剥削阶级的根子全挖尽”的革命使命。他有着超人的侦察和反侦察能力，胆大心细，有勇有谋，是个难得的革命人才。作品通过描写他智识小炉匠，扮土匪独闯敌人老巢，取得匪首的信任，一次次战胜敌人的阴谋，与战友里应外合一举夺下威虎山等一系列富于传奇色彩的英雄壮举，成功地表现了他超人的智慧和勇敢，为我们塑造了一个不畏艰险、舍生忘死的革命英雄形象。

小说还栩栩如生地描写了其他英雄人物，如猛擒刁占一、袭击虎狼窝并活捉许大马棒的刘勋苍，长于攀高望远、有飞跃天堑“绝技”的栾超家，耐力超人、日行百里的孙达得等。这种“五虎将”模式使每个人物都有独立的经历和故事，并能从中凸显出每个人物鲜明的个性特征，如少剑波的“忠”、杨子荣的“智”、刘勋苍的“勇”、栾超家的“技”、孙达得的“德”，各个突出、主次照应并相互映衬，使这些个性鲜明、富有传奇色彩的人物形象给读者们留下了深刻的印象。

作为一部以“革命历史”为题材的“红色经典”小说，《林海雪原》与民间文化和古典文学有着紧密的联系。如曲波自己所说，作品主要得益于两个因素：一是当年战斗在林海雪原上的艰苦岁月，以及战友杨子荣同志的英雄事迹，另一个因素是同类题材古典小说潜移默化的影响。其实不仅是他，像《野火春风斗古城》的作者李英儒等也都一样，他们这些革命通俗文人大都来自于偏远闭塞的乡村，青少年时期很少接受新式教育，但却受到了《水浒》、《三国演义》、《说岳全传》等旧小说的深刻影响，这些章回“说部”不仅塑造了他们的革命伦理观念，如对党的“忠”，对同志的“义”，对革命信仰的“节”等，也影响了他们小说的叙事方式。曲波说：“在写作的时候，我曾力求在结构、语言、人物的表现手法以及情与景的结合上都能接近于民族风格，我这样做，目的是要使更多的工农兵群众看到小分队的事迹。我读过《钢铁是怎样炼成的》等文学名著，篇中人物高尚的共产主义道德品质和革命英雄主义的气概曾深深地教育了我，它们使我陶醉在伟大的英雄气概里。但叫我讲给别人听，我只能讲个大概，讲个精神，或者只能意会而不能言传，可是叫我讲《三国演义》、《水浒》、《说岳全传》，我就可以像说评书一样地讲出来，甚至最好的章节我还可以背诵。这些作品，在一些不识字的群众间也能口传。因此看起来工农兵群众还是习惯于这种民族风格的。”①所

---

① 曲波. 关于《林海雪原》[M]. 林海雪原，北京：作家出版社，1957.

以说，正因为传统英雄传奇给予作家如此深刻的影响，才使《林海雪原》有了鲜明的通俗性和传奇性的特色，从而受到广大读者的喜爱。

小说自 1957 年问世，就因其古典小说般的传奇色彩和浓郁的革命浪漫主义风格成为“革命通俗小说”中影响最大的作品之一，出版后不到一年，销售量就达到 50 万册，1962—1964 年间又连续再版，至 1964 年 1 月，小说的印数便已超过 156 万册。1960 年，小说由八一电影制片厂改编拍成电影，同样受到广大群众的喜爱，作品在读者中的影响愈发强大起来。

《林海雪原》电影海报

从 1957 年初版到 1970 年代，《林海雪原》不断被改编为评书、戏曲、电影、话剧、样板戏、连环画等各种文艺形式得以传播，并被翻译成英、俄、日、挪威、蒙古、越南、朝鲜、阿拉伯等多种外文在国外出版，杨子荣、少剑波、“座山雕”等主要人物形象更可以说是家喻户晓。1958 年上海京剧院根据小说并参考中国京剧院的同名话剧，编演了现代京剧《智取威虎山》，该剧1963年得到江青的青睐，并被其在1964年召开全国京剧现代戏观摩大会时推荐给毛泽东、周恩来、彭真等国家领导人观看。毛泽东看完之后极为赞赏，接见了剧组全体演员并亲自指示修改唱词。1966年12月26日，《人民日报》发表题为《贯彻毛主席文艺路线的光辉样板》的文章，首次将《智取威虎山》、《沙家浜》等称作“革命现代样板作品”，纳入到了“样板戏”这一特殊的艺术谱系之中。从此《智取威虎山》更加风靡全国，在全国各地上演时场场爆满，剧中杨子荣“打虎上山”的唱段更是人人传唱。1986年，吉林电视台出品了10集电视剧《林海雪原》，播出后反响颇高，它不仅仅追溯了四五十年代人们对解放的渴望，也回忆了解放初期劳苦大众对共产党，对解放军的无限敬仰。而自1990年代末期开始，随着大众文化的兴起，又掀起了“红色经典”的重写、改编热潮，《林海雪原》于2004年又被改编为30集电视连续剧，但因其明显的商业消费特征、对原著的偏离以及对杨子荣英雄形象的毁坏等而引起广泛的争议。2014年，著名导演徐克再一次根据小说将故事搬上银幕，拍摄了3D影片《智取威虎山》，收获了8.8亿多的票房，再一次证明了“红色经典”的大众市场空间。

无论是小说《林海雪原》，还是现代京剧《智取威虎山》，抑或是电视连续剧《林海雪原》或3D电影《智取威虎山》，其创作、改编都明显地被打上了特定时代的文化烙印，或者说历史文化语境的变迁给《林海雪原》的创作、改编带来了深刻的影响。但历史一次次地被搬上荧屏、银幕，不仅仅代表着那段历史的可贵和重要，同时也意味着，杨子荣等革命英雄人物忠勇双全、无畏艰险的传奇形象早已成为激励后代的永久的精神力量，并无时无刻不在提醒着我们应该珍惜今天来之不易的幸福生活。

《茶馆》

文学类型：话剧

作者：老舍（1899—1966）

发表刊物：《收获》创刊号

发表时间：1957 年 7 月

主题精神：对旧时代的抨击，对光明的渴望，肯定社会主义中国的存在意义

记忆因子：历经风雨的旧茶馆，满腹辛酸的老掌柜，老北京的悲伤故事

关键词：旧社会，黑暗，追求，光明，社会主义中国

1949 年新中国成立到 1966 年的十七年里，中国文坛上的话剧创作具有两大特点：一是主要在历史源流和历史记忆两个维度上完成历史叙事；二是在对现实的描述上，主要立足于歌颂新中国的现在，展示中国的现代化建设，畅想中国美好未来，所以正剧一时成为戏剧主流，"历史"、"革命"以及对于新中国新生活的歌颂成为关注的重点，而老舍于 1957 年创作的《茶馆》便成为了"十七年"文坛中独特的一笔。

老舍（1899—1966），本名舒庆春，字舍予，满族正红旗人，中国现代著名小说家、文学家、戏剧家。《茶馆》全剧共三幕戏，分别描写了三个时代：1898 年清末戊戌政变失败之后;袁世凯死后军阀混战的民国初年;抗日战争胜利后、内战前夕的国民党政府黑暗统治时期。这种同样具有“历史性”的创作与当时的主流创作风格迥异,显得格格不入但却独具魅力。老舍《茶馆》的创作也是为了切合主流需要的,因为1954年中华人民共和国第一部宪法公布,他觉得该写个说明新宪法得来不易的戏教育青少年。于是他于1956年写了一个四幕六场的话剧,从光绪年间一直写到解放前夕北平学生“反饥饿、反迫害”运动。初稿完成后他拿到北京人民艺术剧院征求意见,院长曹禺、总导演焦菊隐等人听后认为,这部作品中最为精彩的部分是第一幕第二场发生在一家旧茶馆里的戏,建议以这场戏为基础来写一个描绘旧时代社会面貌的戏。老舍接受了建议并于三个月后完成新作,再经过与导演、演员们的切磋磨合,最终彻底放弃了正面展现革命斗争的场景,成为一部由往昔岁月市井生活画面组合起来的社会风情大戏。在作品中,老舍把对于过去的种种复杂情感和对新生活的渴望都寄托在笔尖,融汇在那个历经风雨的茶馆里,给我们留下难忘的记忆和无尽的回味。

在《茶馆》中,没有大人物的出场,我们看到的都是各式各样的小人物往来穿梭于社会变迁的大潮中。老舍在回忆自己的创作历程时说:“在这些变迁里,没法子躲开政治问题。可是,我不熟悉政治舞台上的高官大人,没法子正面描写他们的促进和促退。我也不十分懂政治。我只认识一些小人物。”①于是他选择了根据自身的生活经历和艺术经验

① 老舍.答复有关《茶馆》的几个问题[J].剧本.1958:5.

所能驾驭的领域，从展现“小人物”的生活和命运的角度切入，于是茶馆就成了一个浓缩的“小社会”，市井小民们的痛苦、谄媚、逆来顺受和反抗挣扎，一切尽收眼底。这些人物涉及当时市民社会的“三教九流”：茶馆的掌柜和伙计，太监，媒人，贩卖人口的社会渣滓，号召实业救国的民族资本家，老式、新式的特务、打手，相面先生，逃兵，善良的劳动者……其中，常四爷、王利发和秦仲义三人的生活命运贯串了整个剧情的发展，三人的性格、生活道路虽然各不相同，但最终都是走投无路，以悲剧收场。

洪子诚在《中国当代文学史》中说：“新旧社会对比既是老舍结构作品的方法，也是他的历史观，他对于‘旧时代’北京社会生活的熟悉，他对普通人的命运遭际的同情，他的温婉和幽默，含泪的笑，都使这部作品接续了他创作中深厚的人性传统，呈现出作品独特的艺术魅力。”①首先，老舍作品的题材大多取材于北平的市民生活，写的都是生活中的繁琐小事，尤其是善于写城市贫民的生活和命运，擅长刻画保守落后的中下层市民，写小市民在民族矛盾和阶级斗争中的惶惑、犹豫、寂寞、痛苦的矛盾心理，和进退维谷、不知所措的可笑行径。《茶馆》就是这样，通过日常平凡的场景（如人们在茶馆里谈天喝茶）来表现尖锐的冲突，抓住平民的性格再深入挖掘民族精神以及对民族命运的思考，在轻松诙谐之中透露出生活的沉重与艰辛。其次老舍往往选择比较平和、舒缓的叙事手法，不像曹禺的戏剧那般紧张激烈，却仍能紧紧扣

---

① 洪子诚. 中国当代文学史[M]. 北京：北京大学出版社，1999.

住读者的心弦。如《茶馆》就是采用跨时空的叙事结构，既开放又封闭，使各种人和事交织在一起，更具有真实性，而这种“人物展览式”的描写，就鲜活地呈现出不同人物的不同性格，使每个形象都具有高度的概括力和象征意义。第三，老舍作品的语言具有浓浓的“京味”，《茶馆》的人物语言个性化、口语化、生活化，其中夹杂着地道的北京方言，通俗易懂，朴实真切，同时他把对黑暗社会的批判讽刺、对劳动人民的同情以及祖国的热爱等各种复杂情感杂糅形成一种独特的幽默诙谐。例如剧中唐铁嘴对王利发说的话就是让人又好气又好笑的：“我改抽‘白面’啦。你看哈德门烟是又长又松，一顿就空出一大块，正好放‘白面儿’。大英帝国的烟，日本的‘白面儿’，两大强国侍候着我一个人，这点福气还小吗？”而宋恩子、吴祥子在敲诈王利发时说：“多年的交情，你看着办！你聪明，还能把那点意思闹成不好意思吗？”跑堂伙计李三在嘲讽袁世凯死后军阀混战的政治时局时则说：“改良改良，越改越凉，冰凉。”王利发收留康顺子、康大力母子时无奈地说：“好家伙，一添就是两张嘴！太监取消了，可把太监的家眷交到这里来了！”当茶客对“茶钱先付”的新规定提出质疑的时候，王利发又说：“您圣明：茶叶、煤球儿都一会儿一个价钱，也许您正喝着茶，茶叶又涨了价钱！您看，先收茶钱不是省得麻烦吗？”而在读时忍俊不禁之后，我们感受到的不是滑稽和风趣，而是社会的不公与丑恶，让人笑中带泪，发人深省。

《茶馆》鲜明生动地表达了爱国这一神圣主题，通过揭示了三个时代的黑暗与腐败，真实地表现了百姓想求生存发展却最终无法逃脱痛苦挣扎的悲剧命运，从而折射出人民对于美好生活的向往。《茶馆》用真实的生活来说明，种种乌烟瘴气、令人窒息的社会现状，全都来自于腐朽不堪的旧制度，要想建立一个民主、文明、和谐的社会，使人民能够过上平静安稳的幸福生活，就必须打破这些旧制度，结束一切反动政权的黑暗统治，建立新的属于人民的合理秩序。大清王朝封建没落，统治者自大昏庸、政治腐败，注定了它终将灭亡的结局；袁世凯窃取了辛亥革命的胜利果实，妄图复辟，既不顺应历史潮流也不得民心，皇帝梦很快就摔得粉碎；军阀割据混战，帝国主义更加猖狂，战火燎原，百姓更是生活在水深火热中；终于抗日战争胜利，但国民党政府又策划阴谋内战，加紧盘剥百姓，他们代表的是封建主义、帝国主义、官僚买办资本主义，仍旧是死路一条。只有共产党真正地代表最广大人民的根本利益，真正地造福百姓，才能结束内战，建立新中国，给人民带来了真正的希望。作家没有从正面来歌颂主题，而采用从侧面切入的角度，用黑暗来衬托光明。作品中具有明显反抗性的人物是康顺子、康大力母子，作者在他们身上着墨虽然不多，但暗示着以康大力为代表的青年一代革命者必将取得胜利，人们可以寄希望于这些“迎接黎明”的人——“改良”是一条死胡同，革命才意味着通向胜利和幸福的康庄大道。

话剧《茶馆》由北京人民艺术剧院艺术家于是之、郑榕、黄宗洛、英若诚等人于 1958 年 3 月 29 日在北京的首都剧场完成首演，从此成为经久不衰的经典剧目。直至 1999 年 10 月 12 日，北京人民艺术剧院又以全新阵容重新排演《茶馆》，足见其在文学艺术领域的重要地位和巨大影响力。

《茶馆》的成功源于老舍对“京味”题材的娴熟驾驭和个人艺术风格的淋漓发挥，不论是语言还是艺术手法，都堪称典范，所以使它从产生至今都拥有着持久的艺术感染力和社会影响力。《茶馆》从形式到内容，又能够做到雅俗共赏，并且具有很强的创新突破，广为读者喜爱，又因它真实生动地再现了现代中国的社会风貌和风俗人情，具有强烈的中国特色，所以受到国外学术界的广泛重视，扩大了中国现代文学在世界文坛上的国际影响。2008 年度诺贝尔文学奖获得者法国作家让·马瑞尔·古斯塔夫·勒·克莱齐奥就十分喜爱老舍的作品，认为老舍作品中的“深度、激情和幽默”都是世界性的、超越国界的。

新排《茶馆》宣传海报

《青春之歌》

文学类型：长篇小说，电影

作者：杨沫（1914—1995），崔嵬（导演）（1912—1979）

出版社：作家出版社，北京电影制片厂

发表时间：1958 年 1 月出版，1969 年上映

主题精神：知识分子与工农相结合，对共产党员的歌颂，坚定的革命信念

记忆因子：知识分子的成长，共产主义理想的追求，红色青春的光彩

关键词：学生运动，知识分子，共产主义，革命，理想，光明

《青春之歌》是一部带有作者自叙传色彩的长篇小说，也是当代文学史中第一部描写中国共产党领导下的爱国学生运动以及革命知识分子斗争生活的优秀作品。小说以“九·一八事变”到“一二·九运动”这一特定历史时期的学生运动为背景，描写封建地主家庭出生的小资产阶级知识分子林道静，不屈从于命运和家庭的安排，敢于反抗包办婚姻，离家出走，最后在忠诚的革命知识分子和共产党员的帮助下终于抛弃知识分子身上的弱点，成为坚强的无产阶级战士的过程。小说的发表，不仅填补了“十七年”知识分子题材长篇小说的一项空白，也是对建国前知识分子成长小说的发展和延续，更因其对激情燃烧的红色青春记忆的书写而受到了广大读

者的喜爱。

杨沫(1914—1995),原名杨成业,祖籍湖南湘阴,生于北平,出身于书香世家,自小学时便喜爱文学,曾就读于温泉女中,后因家道中落而辍学,继而因反对包办婚姻而离家独自谋生,先后做过书店店员、家庭教师、小学教员。1933年在地下党的引导下走上革命道路。《青春之歌》是杨沫最重要的代表作,与她80年代之后又陆续出版的续篇《芳菲之歌》和《英华之歌》,合称为“青春三部曲”。小说从1951年开始酝酿、构思,当时杨沫正因病休养,昔日冀中区血与火的抗日生活以及许多坚贞不屈、英勇就义的战友形象不时浮现在脑海中,与她个人的生活经历交织在一起打动着她,最终促使她拿起笔开始创作。小说最初因受到保尔·柯察金《钢铁是怎样炼成的》一书的鼓舞,名为《千锤百炼》,后改为《烧不尽的野火》,1955年写完上半部,1957年全部完成。杨沫先将书稿交给中国青年出版社,并在编辑萧也牧的建议下正式易名为《青春之歌》,但因为出版社在审稿时提出了较大的修改意见而暂时搁置了出版。“双百方针”提出之后,因写作与出版空气都有所宽松,作品经秦兆阳推荐转给了作家出版社,几经周折后最终于1958年正式出版。据《初版后记》中说,截至此时,小说已经历了“六七次的重写,修改”,所以此书无论是写作还是出版均可谓是“难产”的,但出版之后,作品却迅速成为当时最畅销的小说之一。1959年初又由杨沫本人执笔将其改编成电影,作为“建国十周年”的“献礼片”公映,取得了更大的轰动效应。

主人公林道静的人生经历,不少是杨沫本人生活的翻版:16 岁时因反对包办婚姻而离家出走,借钱到北戴河投奔教书的兄嫂,但受到冷遇,差一点儿投海自杀。1931 年至 1936 年间,一直处在失业的威胁中,当过小学教师、家庭教师、书店店员等,住在矮小潮湿的小公寓里,过着典当、借账、吃上顿少下顿的日子,这种窘迫而糟糕的局面直到抗战爆发她投奔华北敌后根据地后才告结束。小说中男主人公余永泽、江华的原型,也分别来自她的第一任、第二任丈夫张中行、马建民,甚至原来一直被认为是虚构的卢嘉川这一人物,在杨沫去世后也由其儿子老鬼揭出生活原型是杨沫的老战友,冀中军区有名的才子路扬。如杨沫自己所说的:我所写的人物,大多数都有个比较熟悉的模特儿,然后再把我所熟悉、所了解的其他同类人的阶级特征、特点加在这个模特的身上。这就使得创造出来的这个人,比较真人更具备了普遍性。

小说主人公林道静是一个典型的青年女知识分子形象,虽然出身于地主家庭,但生母却是贫苦佃户的女儿,所以她身上“既有黑骨头也有白骨头”,这一与劳动人民的天然联系,最终预示了林道静的最后阶级归属。大家知道,在 20 世纪知识分子题材的小说之中,知识分子的形象经历了从“启蒙者”向“被改造者”的嬗变,40 年代延安文艺座谈会之后,逐渐形成了“反抗—追求—考验—成长(共产党员)”的“知识分子改造”的叙事模式。不同于鲁迅的《伤逝》、叶圣陶的《倪焕之》、茅盾的《蚀》、路翎的《财主底儿女们》中矛盾、痛苦、游移、困惑、苦闷、彷徨、情感敏感纤细、患得患失的主人公,在林道静的成长过程中,内心更多的是经过改造和过滤之后的对更加崇高、神圣、纯洁的革命生活的向往和追求。杨沫自己也强调:“我塑造林道静这个人物形象,目的和动机不是为了颂扬小资产阶级的革命性,和她罗曼蒂克似的情感,或是对小资产阶级的自我欣赏,而是想通过她——林道静这个人物,从一个个人主义者的知识分子变为无产阶级革命战士的过程,来表现党的伟大、党的深入人心、党对于中国革命的领导作用。”而实际上,“十七年”时期能够被主流意识形态所认可的知识分子形象,如《三家巷》中的周炳、《小城春秋》中的剑平和秀苇、《红岩》中的刘思扬、《红旗谱》中的江涛、张嘉庆等,也大都经历了这一“再锻炼、再教育、再改造”的成长历程,因此林道静便成为当代文学画廊中最具魅力的艺术形象之一。同样,对青春的礼赞和对革命理想的信任,是“十七年”文学最显著的特色,而校园生活和学生(知识分子)身份也是最适宜于青春书写的,所以作为寓言式的文本,《青春之歌》呈现了一个个人主义、民主主义、自由主义的知识分子改造成长为一个共产主义者的过程。小说真实地记述了形形色色的知识分子在民族危亡关头的生活道路和他们的精神面貌,从而揭示出这样一个深刻的主题:一切追求光明和进步的知识分子,只有把个人命运同国家民族的命运紧紧联系在一起,勇敢地投入到时代的洪流中去,其青春才是最壮丽和辉煌的,才会有真正光明的前途。

值得注意的还有小说中所蕴含的女性命运的主题。林道静在婚姻、爱情上的遭遇以及在社会上求职而不断遭遇挫折的经历,都体现了那个社会对女性的压迫,她对自尊独立的人格的追求也体现出了中国女性精神上的成长,所以小说客观上对“五四”以来作家们一直探讨的妇女解放的出路问题也做出了自己的回答。但由于林道静的政治成长与其爱情上的成熟是紧密联系在一起的，所以这也显示了一种从现代以来始终如一的女性与政治不能分离的关系模式：与余永泽相遇、相爱是林道静成长的第一个阶段，第二阶段是她爱上卢嘉川并与余永泽最终决裂，体现了革命知识分子逐步接受马克思主义革命信仰的过程，而江华则是她第三阶段的精神导师，他的出现使林道静意识到了自己革命实践经验的不足，并在经过种种考验和磨练之后，终于成长为一名共产党员和学生运动的领导者，爱情上也有了较为圆满的归宿。在林道静这种爱情经历与成长历程同步展开的过程中，小说一方面不断暴露出她作为小资产阶级知识女性的幼稚、不成熟等弱点，另一方面又让我们清晰看到她与小资产阶级自我决裂的成长历程，而这种艰难、痛苦而又顽强的成长、蜕变，则正是对那个时代一些革命知识分子成长轨迹的真实写照。

《青春之歌》的动人之处，首先在于它以细腻的笔法成功地塑造了那个时代不同阶级、阶层知识分子的群像，其中既有卢嘉川、江华、林红等对党的事业忠贞不渝、视死如归的共产党员，也有戴瑜这样经不起考验、背叛革命的叛徒；有庸俗自私、在民族危亡关头仍埋头故纸堆的余永泽，也有从不问政治到经过沉痛的教训，最终投身于抗日救亡运动的王晓燕、李槐英，既有向往革命又常常动摇的许宁，也有从进步青年成为交际花的白莉苹。作者善于运用对比映衬的手法凸显人物的性格特征，既使不同的人物产生对比，也使同一人物在性格发展的前后期产生对比，并且在同类人物之间也展开了对比，通过他们在阶级矛盾、民族矛盾空前尖锐、激烈的年代里，对生活道路的抉择，形象地展现出当时知识分子阶层的不安、觉醒和分化，深化作品的主题。其次，小说善于在典型环境中刻画典型人物的性格，善于运用富于个性特征的细节以及鲜明的人物肖像来刻画人物。如小说一开始林道静出场时，随身携带着“用漂亮的白绸子包起来的南胡、萧、笛，旁边还放着整洁的琵琶、月琴、竹笙”，“穿着白洋布短旗袍、白线袜、白运动鞋，手里捏着一条素白的手绢，一浑身上下全是白色”，“脸略显苍白，两只大眼睛又黑又亮，神情落寞，没有同伴，一个人坐在车厢一角的硬木位子上，动也不动地凝望着车厢外边”，这是一个纯洁美丽的“五四”女学生形象，从装束到行为都充满了小资产阶级的情调。第三，小说结构严谨完整，线索明晰，通过林道静这一中心人物将众多的人物、复杂的事件、纷纭的场景穿连起来，构成一个有机的艺术整体。最后，因为小说是杨沫根据自己的经历创作出来的，带有明显的自叙传色彩，叙述上也自然流露出个人化、女性化的特点，与同时期的其他作品比较，更有一番独特的艺术韵致。

《青春之歌》由作家出版社正式出版后，在短短一年半的时间里便售出了 130 万册，是“文革”前发行量最大的文学作品之一，还被译成英、日、俄、朝、越等多种文字，在民间和整个文学界反响巨大，有人认为它突破了历史的陈规，是一首伟大的青春之歌，当然也有专家学者对这部小说加以批评，如 1959 年郭开在《中国青年》上撰文批评该小说，认为林道静这个人物充满了小资产阶级情调，在工作中没有与工农群众很好地结合，没有被改造成一个彻底的无产阶级党员。由此掀起了一场声势浩大的批评和声讨。迫于当时批评意见的强烈，1960 年 3 月人民文学出版社出版了《青春之歌》的修改本，增加了林道静在农村的八章和在北大领导学生运动的三章。不过自 1959 年开始，小说还是在一片质疑与赞扬声中被改编成电影、话剧、歌剧等，尤其是电影《青春之歌》上映后，不仅在国内轰动一时，甚至还传到了日本并产生了空前的影响，随后又在东南亚一带广受欢迎。杨沫在谈及 1958 年关于《青春之歌》的那场讨论时曾说，林道静是按照生活本身的发展逻辑，按照像她这样一个小资产阶级知识分子的女性在当时走向革命后必然会有的发展变化过程来描写的。而不是按照一个成熟了的共产党员标准，设想她应有多少优点，不该有什么缺点，她入党后就必须高大无比、完美无缺等等框框来写的。当然作者也承认在林道静形象塑造方面仍有一些不足，如对林道静的思想发展过程写得还不够细致、清楚，对她身上的某些小资产阶级知识分子的个人主义思想感情挖掘和批判的还不够深刻有力等。老鬼在回忆中也说到，母亲在病中创作《青春之歌》时也曾怀疑过，自己费了好大力气写的东西，是否有价值？事实证明，《青春之歌》本身就是一部具有深厚意义的红色经典文学作品，它自问世以来的命运的跌宕起伏恰好彰显出了这部小说不断被阐释的特殊接受过程，即它在特定的历史时期以高亢的格调为当时中国进步的知识分子写下了赞歌，是当时少有的以知识分子为主要描写对象的作品，以继承“五四”启蒙主义文学传统而在当时描写农民和战争的文学作品中异军突起；它不仅让读者重温那个充满危险与激情的斗争岁月，感受着那个年代知识分子从学堂走向革命的的思想变革，而且在表现其主题思想上所达到的鲜明性与艺术性，对现实文学发展起到了巨大的推动作用。直到21世纪的今天，我们再来阅读《青春之歌》，也依旧能感受到旧中国在被欺凌中的呐喊，千千万万个知识分子和党的忠诚战士的浴血奋战，这就是经典之所以称为经典的所在。从五十年代开始，《青春之歌》的政治光环逐渐被小说自身的艺术性所取代，时至今日，读者也得到了更为广阔的理解阅读空间。青春永远是值得被歌颂的美好词汇，青春和生命一样，可以默默无闻，也可以尽情燃烧，《青春之歌》所歌颂和表达的就是后者，这对教育当代以及后世的青年们，应为了理想和追求而努力具有深刻的启示意义。因此，

小说《青春之歌》插图

1995—1998年间,《青春之歌》等红色经典又被人民文学出版社、中国青年出版社、北京出版社等拿出来重新出版,并成为当时的畅销书之一。正如这时的策划者们所体会到并期待可以落实的,小说中刻画的林道静、卢嘉川、江华等一批栩栩如生的青年知识分子形象,象征着中华民族的未来和希望,而这些青年知识分子成长的道路,对当代青年亦不无启迪。

理想昂扬的 1960 年代

《李双双小传》

文学类型：小说，电影

作者：李准（1928—2000），鲁韧（导演）（1912—2002）

发表刊物：《人民文学》，上海电影制片厂

发表时间：1960 年 3 月出版，1962 年上映

主题精神：为社会主义建设添砖加瓦的热情，只争朝夕的社会主义激情

记忆因子：共同进步的新社会小夫妻，理想昂扬的年代

关键词：李双双，孙喜旺，乐观主义，理想主义

在《李双双小传》之前，李准已经凭借《不能走那条路》打下了自己在文坛的地位。1953 年是李准的成名之年，在陆续写了几个小故事之后，李准创作了短篇小说《不能走那条路》，经《人民日报》转载后，又先后被 40 多家报刊整版转载，并出版单行本，六年之内先后印刷四次，轰动一时。1958 年初，随着“大跃进”高潮到来，文艺界也掀起了反映“大跃进”新人新事的创作浪潮。在此背景下，李准来到河南省林县龙头村体验生活，住在一个妇女队长家里，不过他很少见到这个早出晚归的妇女队长，只是每天早上都会在墙上发现一些小纸条，如“水库的库字，就是裤子的裤去掉一边的衣字”等。李准觉得，这些可能就是新时期里农村女性身上正在发生的

变化，所以萌发了创作一部反映新时期新农村新妇女小说的想法。正如他后来说的，那段时期是中国人民在精神上、智慧上一次大的解放，大的喷发，特别表现在劳动妇女的精神面貌上，所以成为他写李双双的初衷。然后李准便埋头钻进了这群新妇女的生活里，和她们聊天、谈心，了解她们的思想和情感，观察她们的一举一动，经过两年积累，终于创作完成了《李双双小传》这部小说。作品通过李双双这一风风火火的农村女性角色来反映当时人民普遍高涨的建设热情，并通过描写丈夫孙喜旺在李双双教育下的逐渐转变的过程更加呈现了新中国建立初期普遍呈现的乐观精神。尽管以“大跃进”为社会背景，但它却是通过孙庄发生的几件实实在在的小事儿来呈现的，既有现实的意义又富于浓厚的生活气息，特别有说服力和感染力。

李双双是一个风风火火泼辣直爽的农村女性，十七岁就嫁给了比自己大八岁的孙喜旺，当初因年轻不懂事而没少挨喜旺的打，家里里外全是喜旺当家。因为年纪轻轻就拉扯了两三个孩子，所以她很少下地干活，抛头露面少了，村里人便管她叫“喜旺媳妇儿”，喜旺提起她也只说“俺屋里的”，有时候就直接说是“俺做饭的”。但她为人勤快，也有一副热心肠，大跃进开始，全乡发起一个向水利化进军的高潮，孙庄的男女们都投入到了水库建设，导致农活缺少劳力，麦田管理顾不过来，社里发动群众鸣放讨论解决办法，李双双一张提议办食堂的大字报，让“李双双”这个名字“跃”了出来：“家务事，真心焦，有干劲，鼓不了！整天围着锅台转，跃进计划咋实现？只要能把食堂办，敢和他们男人来挑战。”李双双的大字报得到乡里高度重视，连喜旺也不得不承认李双双“不简单”。

喜旺只是觉得双双能被乡里重视不一般，但打心眼里他还是觉得公共食堂是瞎搞，就在这时候，广播里公布了孙庄要办食堂的决定，李双双和几个热心的妇女按捺不住激动的心情，这家出风箱、那家出水缸，拉着喜旺就开始张罗。最后食堂地址选在富裕中农孙有家东院，选炊事员的时候，喜旺因为学过厨师受到一致推举。看着丈夫被人重视，双双打心眼里感到高兴，可喜旺却开始端架子，于是双双心直口快地揭了喜旺的老底儿：“放着排场不排场，放着光荣不光荣！我就见不得‘牵着不走，打着倒退’、‘狗肉不上桌’这号人！”看着连支书都给双双撑腰，喜旺知道了双双的不一般，知道“俺做饭的”这个称呼已经背时了。

喜旺耳根子软，听了孙有几句好话便答应帮孙有大哥的周年做供菜，而且拿了食堂的东西加进去。这事儿在群众中传开，喜旺被贴了大字报，喜旺借坡下驴对双双说自己闻不了蒸馍气让双双去替自己推掉炊事员的差事。双双听支书一说才知道详情，自告奋勇当炊事员并保证“政治挂帅”，众人一致称好。双双回家对喜旺一顿训斥，喜旺承认自己一时糊涂，并保证以后好好儿干。

双双当上炊事组长，大家都说“食堂里有了公道人了”，为了响应“除四害”，双双带领大家大搞卫生，无意中从土炕下挖出了一台孙有私藏下的水车。孙有找到喜旺让他们不要把这件事捅出去，用水车以后两家一起用来诱惑喜旺，并说私有的尾巴可以留一点儿，喜旺坚定地说：“我以后要政治挂帅了，不能包庇你这个事儿！”毫不留情地把他呵斥走了。看到喜旺的变化双双非常高兴，但一想到老孙有竟然还要走老路，泼辣的双双连夜把这件事告诉了支书。由于工作认真负责，双双入了党。

因为去年红薯大丰收，食堂每顿要吃三分之一的红薯，社员们吃腻了。双双看着每顿浪费的粮食非常心疼，和四婶商量出把红薯磨成粉浆摊煎饼和红薯面白面掺着擀面条的好办法，在全公社得到了推广。喜旺听着广播里对双双的表扬，心里不太痛快，双双趁机鼓励他也提高自己，听着双双的话，喜旺感叹“劳动这个事儿，就是能提高人”，就此暗下决心绝不落后，发明了快速摊煎饼的方法，得到了支书的表扬。小说的结尾，双双往地里给社员送饭，大家看见双双来都很开心，趁着社员吃饭的功夫，双双总要干点儿农活，她一面推着水车，一面听着大家吃饭的声音，忽然感到她们

小说《李双双小传》插图

在食堂里滴下的汗珠，好像也随着泉水流到田里，变成了米粮。

小说在《人民文学》发表后，立即在读者中引起强烈反响。导演鲁韧也看中了这篇小说，马上找到李准让他把小说改为剧本，名字就叫《李双双》。为了适应电影的形式，增加可看性，剧本对故事做了一些调整。小说开头类似说书交代人物的方式在影片中被双双抓获孙有媳妇偷木头的冲突取代，从而一上来就奠定双双大公无私泼辣直爽的形象；小说主要围绕开办集体食堂展开，当电影拍摄时集体食堂已经破产，便改为妇女发挥劳动积极性的事件；结尾由双双在地里洋溢着奉献的幸福感，改成了一气之下离家的喜旺被双双的热情感动回家。最后还决定把《李双双》拍成反映农村生活的喜剧。对于采用哪位演员来扮演李双双这一最重要的角色，当时产生了很大分歧。有人推荐张瑞芳，对于一直扮演"悲旦"且没有农村生活经历的张瑞芳，李准最初心存怀疑，担心她扮演不好李双双这一社会主义新人的角色，鲁韧则担心她把握不好尺度最后会丑化了劳动人民。但几番商议和试戏之后，最后还是选择了张瑞芳，孙喜旺则由仲星火扮演，拍摄地选在河南林县。

影片开机时正值三年自然灾害时期，当时河南已连续几个月干旱，摄制组用水要从几十里外往回驮，每人每天只有一茶缸水，吃的也是一些榨油的豆饼和掺了南瓜的面疙瘩。但在如此艰苦的拍摄条件下，大家的精神却没受到一点影响。出身旧地主家庭的张瑞芳，接下李双双这一角色时有很大的心理压力，为了扮演好这个角色，她决定和李双双的原型陈淑贞一起生活，一起吃饭、下地、聊天、干活，甚至用了一个多月的时间来练习和面、擀面。经过一段时间，张瑞芳的言行举止便十分非常“李双双”了，连开拍时的衣服都是管陈淑贞借的，所以凡看过《李双双》的人，都对张瑞芳干净利落有板有眼的农活留下了深刻的印象。

《李双双》上映以后开始流传一句话：“看戏要看孙喜旺，做人要做李双双。”可见张瑞芳塑造的李双双这一角色多么深入人心，同时也说明影片中喜旺这一角色发挥了多么大的作用。仲星火塑造的喜旺憨厚淳朴，充满喜感，有点大男子主义却不乏善良，思想上有些自私狭隘却能明辨是非，他和张瑞芳的组合使得李双双、孙喜旺这对欢喜夫妻呈现出“二人转”的效果：一男一女，一正一谐，喜旺的自私正好反衬双双的无私，喜旺的和稀泥反衬双双的干脆泼辣，喜旺的磨磨唧唧反衬双双的快人快语。孙喜旺不仅奠定了影片的喜剧色彩，也使李双双的性格更加鲜明，同时还显示出了李双双性格与作为的影响成效。

《李双双》风靡大江南北后，全国上下掀起一股学习“李双双”热，郭兰英创作的《歌唱李双双》也被广泛传唱。1963年，《大众电影》杂志社主办的第二届中国电影“百花奖”揭晓，故事片共入围24部，《李双双》一举金榜题名，李准获得最佳电影编剧奖，张瑞芳凭借李双双一角成为新中国第二位影后，仲星火也荣获最佳男配角。当时的电影评价和现在有很大不同，票是附在《大众电影》后面一页，观众需要填写详细的信息并寄回才能完成投票，因此，每一张选票都饱含着观众对《李双双》由衷的喜爱。当时又因为物质贫乏，奖品也是一些文艺领导人的题词，张瑞芳的奖品是由郭沫若题写的："天衣无缝气轩昂，集体精神赖发扬。三亿神州新姐妹，人人竞学李双双。"同时郭沫若还为影片题词说，这部剧作反映了新时代的农村面貌，表现了大公无私、敢于斗争的集体主义精神，生活气息浓厚，喜剧色彩缤纷，赢得大众喜爱，是一首农村集体经济的颂歌。

李准一生笔耕不辍，对农村、对农民有由衷的热爱，关心农民也相信农民，穷其一生从未停止对农民的热爱和好奇，始终保持对农民的敏感，所以他能写出真正反映农民的作品并能被农民真正喜欢。不论小说还是电影，《李双双》都产生在最艰难的年代。在影片的拍摄过程中，演员们不仅克服了缺衣少食等外在的艰苦，还克服了自身的局限，通过向农民学习，他们完全抛弃了名利的观念，真正把自己当做了剧中

电影《李双双》剧照

的人物，完全被人物的乐观精神和理想主义的热情所感染。

回顾小说《李双双小传》和电影《李双双》，由于形式的限制和时间的变迁，存在很大的改动，但有一样东西却贯穿始终，那就是一种昂扬向上的精气神。那是新中国建立初期洋溢的百废待兴的激情，是劳动人民对于社会主义坚定不移的信念。李双双和几位妇女在劳动问题上一拍即合，只有一个要求：为社会主义建设贡献自己的力量。她们真正把自己当做新中国的主人，把社会主义建设当做每一个人的事业，由衷地要贡献自己的能量，遇见任何问题都不躲避不找借口，相信办法总比问题多，他们还各个呈现出迫不及待、只争朝夕的激情。她们生活在最艰难的时代，却洋溢着最坚定、乐观的精神，而正是这种精神，在很长很长的历史时间里，支撑着新中国的建设。

《创业史》

文学类型：长篇小说

作者：柳青（1916—1978）

出版社：中国青年出版社

出版时间：1960年3月

主题精神：歌颂社会主义改造，塑造社会主义新农民

记忆因子：社会主义建设期"蛤蟆滩"农民的风貌，梁三老汉等旧社会农民的奋斗史，梁生宝等社会主义新人形象

关键词：互助组，农业合作化，社会主义改造

"我这是在写小说吗？不是。我是在写历史。我想要写出来的就是中国的农民在进入社会主义那一瞬间时的生活感受。"——这是《创业史》作者柳青写在作品第一句的话。

中国农民的历史，在长期的封建社会里始终都是一个血泪史，是新中国的建立才给中国农民带来了新的生命和新的历史，柳青要做的，就是用自己的笔，记录下这段充满欢欣但同时也充满艰难的历史。而对于柳青来说，写这种历史其实就是在写自己的生活，因为不但他本身是陕西吴堡人，而且无论是投身革命还是文学写作，他的生活轨迹也一直都没有离开过西北地区。最初他曾经以学生的身份参加革命在西安主编《学生呼声》，后来又担任《西北文化日报》副刊编辑；

1938年到延安后，先后做过随军记者、文化教员和米脂县基层乡政府文书等；虽然1949年底到北京担任《中国青年报》编委、文艺部主任等工作，但是不久后的1951年5月，他毅然来到陕西长安的皇甫乡，在镐河畔神禾原上的古庙里安家落户，像一个真正的农民一样，一住就是14年。正是这种始终没有离开过的农村生活和农民体会，让柳青不仅能够深切体会到了农民的生活，而且能用真实的记录，写下了中国农民在迎来解放之后的“创业史”。

《创业史》的故事发生在渭河平原，以下堡乡蛤蟆滩梁生宝互助组的发展为线索，表现了新中国成立初期农业社会主义改造进程的历史风貌，以及其中广大农民的思想情感的巨大变化。故事的主人公是梁生宝，但故事却是从他的父亲梁三老汉开始讲起的。

1929年(民国18年)，陕北大旱，颗粒无收，入冬后大批灾民涌向渭河滩。年过四十的梁三是下堡村蛤蟆滩上的勤劳农民，父亲早年艰难创业，曾盖起三间正房，给他娶了妻子，然而生逢乱世，命运不济，天灾人祸接踵而来，不但牛死妻亡，连三间房也没守住，成了一个只有一个空荡荡的草房院的二茬光棍。灾民的到来，似乎让梁三有了某些指望，终于有一天，他将宝娃子母子二人领进了自己的草房院，从此，宝娃改姓改名叫梁生宝。梁三有了贤惠的妻子和可爱的儿子，一直以来深藏在心底的创业的希望又升腾起来，抚摸着儿子的头，发出了再创家业的豪壮誓言。

然而时事依旧，创业仍然艰难，梁三苦苦奋斗、创业十年，日子一点也没有改变，得到的只是一次次的失败和屈辱，以及“脖梗上的死肉疙瘩和喉咙里永远咳不完的痰”，于是创业的担子便落到了生宝的肩上。生宝这孩子从小就很有心计，七八岁见人知道打招呼，十三岁当长工就将工钱换成小牛犊牵回家，并且有雄心勃勃的计划，十八岁又独自租种了十八亩稻地——创业的劲头和计算远远超过父辈。但和他父辈的命运一样，辛苦一年的收获全被地租、高利贷敲榨干净。到了解放前夕，为了躲避国民党溃兵抓壮丁，生宝被迫逃进了终南山，成了不敢见天日的“黑人”。就这样，旧时代里梁家三代的创业史，最终画上的只是一个辛酸的句号。

终于迎来了解放，蛤蟆滩发生了天翻地覆的变化。大地主吕二细鬼、富农姚士杰都被打倒，贫雇农得到土地翻身做了主人。梁家也分到了十来亩稻田，梁三老汉对着毛主席像涕泪双流，仿佛有一种莫名其妙的精力注入他那早已干瘪的身体，于是又重新燃烧起了个人发家的愿望，甚至梦见自己成了“三合头瓦房院的长者”，在睡梦中笑出声来。而此时已经入了党并当上了民兵队长的梁生宝，则完全抛开了个人发家的念头，全身心地张罗着建立互助组的事情，父子之间在创业上的想法和路子不同，冲突也有随时爆发的可能。

1953 年春天的一个早晨，一阵鞭炮声打破了蛤蟆滩的寂静，富裕中农郭世富的新瓦房上梁了，这让梁三老汉艳羡不已，但他不知道的是，世富老大他们正要和生宝的互助组对着干呢！此时的蛤蟆滩正闹着春荒，而这不光是整个蛤蟆滩最困难的时刻，其实也是互助组遇到的最大困难。生宝他们一方面要谋划新一年的生产，一方面要想方设法带领大家度过春荒，可是他们手里没钱没粮，举步维艰。村主任郭振山希望能得到富农和中农等余粮户的帮助，用借贷的方式缓解燃眉之急，但不仅余粮户们很少响应，富农姚士杰还借机偷放高利贷，郭世富竟要和贫雇农搞“竞赛”！郭振山眼看局面控制不了了，自己也想走个人发家的道路，所以袖手旁观起来。在这种严峻的形势下，梁生宝勇敢地站出来，成了互助组和贫雇农的主心骨和带头人。他为了推行一年稻麦两熟的丰产计划，冒雨到郭县为互助组去买百日黄稻种；为了筹集生产资金、度过春荒，带领互助组组员进终南山割竹子。这些做法不仅让大家看到了互助组的决心和力量，打击了自发势力的气焰，而且解决了贫苦农民的困难，稳住了互助组的阵脚，同时让蛤蟆滩人看到了社会主义的优越性。不过，一直也想走个人发家之路的梁三老汉却对生宝的做法常常不理解，甚至对他冷嘲热讽，叫他“梁伟人”。对此生宝既毫无怨言也不受影响，坚信有一天继父会看到互助组的成功而觉悟过来。只是这时的生宝已经快到而立之年，解放前继父为他买的童养媳早已病死，而他一心扑在互助组的事业上，婚恋大事一直没有解决。共青团员徐改霞喜欢他，他也偷偷喜欢着这个美丽的姑娘，但为了不影响工作和党的荣誉，他不得不压抑着感情，甚至故意疏远改霞，失望的改霞后来在郭振山不怀好心的鼓励下，终于离开蛤蟆滩去北京当工人了。

生宝率领大家进了终南山后，富农姚士杰猖狂活动，处心积虑要搞垮互助组。他霸占了互助组成员栓栓的妻子素芬，并指使素芬去诬陷梁生宝，以达到分裂互助组的目的。于是在他的阴谋策划和活动下，梁生禄、栓栓两家与互助组疏远了，后来栓栓在割竹子时被扎伤，两家竟一起退了组。但生宝克服困难，带领割竹队如期完成了任务，挣了一大笔钱，不仅解决了互助组的暂时困难，也让互助组的事业有了新的起色，这些都让关心生宝事业的梁三老汉在思想感情上发生了变化。

秋天到了，梁生宝的互助组获得了大丰收，蛤蟆滩的统购统销工作也提前完成。生宝的威望不断提高，互助组更加壮大，原来退组的也回来了。经过县里培训，生宝他们又成立了全区第一个农业社——灯塔社。梁生宝的创业终于成功了！终于，这个铁的事实面前，梁三老汉也服气了。他穿上新棉衣到黄堡镇去打油，并因为生宝的威信而格外受到人们的尊重，这使老汉的泪水不由自主地流了下来——不过这已经不再是心酸、难过的泪，而是幸福的、高兴的泪了！

这部小说的主题并不复杂但很深刻，因为它以真实的笔法想要说明的就是，在建国初期农村两极分化严重的情况下，只有开展互助合作运动，才能使农民真正地获得解放，实现创业的梦想。这就从历史和现实的角度都揭示出了当时对农民进行社会主义思想教育的紧迫性和重要性，同时也揭示了广大农民走社会主义道路的现实可能性和历史必然性。

小说的人物描写有着宽阔的艺术视野。作家笔下的人物很多，几乎包括了农村各个阶级和阶层的典型，把社会生活面铺展得很广。同时，作家又特别注意揭示形成各种人物的独特性格和独特命运的深远的社会历史根源，使每个人都拥有了一部生活史。这种有深度的描写，使读者能理解人物在现实斗争中何以如此表现，并提出了具有普遍意义的社会问题。如由于梁三老汉解放前有一段悲惨的创业史，土改后又产生了当四合院“长者”的梦想，所以他在合作化运动面前踟蹰不前，跟私有制观念决裂得那么艰难，就是完全合乎逻辑的。还有，通过素芳极为特殊的悲剧命运，以及对她在现实生活中仍然受着封建宗法家长制禁锢的描写，作品有力地揭示了妇女解放与社会主义革命的深刻关系。这种把人物的个人命运与社会历史的进程联系起来的写法，增加了作品的生活含量和历史厚度。

小说的结构安排有史诗规模的要求，采取了多卷式的布局。第一部的结构是“题叙”与“结局”。“题叙”为即将开始的斗争提了背景，“结局”则在第一部与第二部之间承前启后；前者叙述生活的源头，后者显示生活的去向，这就使第一部既是一个独立的艺术整体，又是历史长河中一个还要发展的生活阶段，历史的广度与深度在严谨的结构安排上得到了落实。

多年一直被选入中学语文课本的著名的“梁生宝买稻种”的故事其实来自柳青本人：1956 年，柳青用自己的稿费和积蓄换来了日本良种稻——矮杆粳稻，经小范围种植试验成功后，第二年王家斌（梁生宝的原型）胜利合作社试种的一千多亩水稻获得了平均亩产 710 斤的大丰收，创造了陕西地区历史最高粮食生产纪录。而在 1960 年，《创业史》第一部由中国青年出版社出版前的一个月，柳青又将全部稿费一万六千零六十五元捐给胜利人民公社作为工业基建费用，先修了一座农业机械厂,后又建了王曲卫生院。等到后来为给村里拉电线,柳青更是预支了小说第二部的部分稿费(《创业史》原计划写四部),于是柳青的后半生几乎就是在债务中度过的,像所有的“苦行者”一样,尽管他也是当代中国作品“发行量”最高的作家之一,但在去世时却一贫如洗。

“文革”前,中青社出版的“三红一创”(《红岩》、《红日》、《红旗谱》和《创业史》)在中国文坛上可以说是独占鳌头,都是极具影响力的作品。柳青的小说不仅在读者中赢得广泛好评,同时也赢得了文学界的一片叫好声。作品甫一发表,严家炎即发表评论认为:“以一部仅仅写了互助组阶段村里情形的作品,就能把整个中国农村的历史动向表现得如此令

《创业史》插图

人信服，这不能不是《创业史》第一部独到的和突出的成就。”[①]但还应该说的是，是柳青的苦行和深入生活造就了《创业史》这部小说不朽的艺术魅力。梁三老汉等旧中国老儿女的血泪史让我们对历史的客观规律有了更为深入的认识，而梁生宝等社会主义新人的出现曾影响了路遥等一大批作家，他们将继续探寻历史大潮中的个人“怎么办”的问题，那种高昂的理想主义情怀、忘我的集体主义精神，将永远作为当代青年的指明灯。

① 严家炎.《创业史》第一部的突出成就[J].北京大学学报.1961:3(37).

《钢铁是怎样炼成的》

文学类型：小说（翻译）

作者：尼古拉·阿列克谢耶维奇·奥斯特洛夫斯基（苏联）（1904—1936），梅益（翻译）（1913—2003）

出版社：人民文学出版社

出版时间：1952 年 12 月

主题精神：为理想献身的精神，永不屈服的意志，对共产主义的美好憧憬

记忆因子：钢铁意志，保尔精神

关键词：保尔，布尔什维克，灾难与磨练

“人最宝贵的是生命，生命对每人只有一次，人的一生应当这样度过：当他回忆往事的时候，他不会因为虚度年华而悔恨，也不会因为碌碌无为而羞愧；当他临死的时候，他能够说：我的整个生命和全部精力，都献给了世界上最壮丽的事业——为解放全人类而斗争。”这段在上世纪六七十年代曾被记在无数热血青年笔记本或床头的句子，出自苏联作家奥斯特洛夫斯基的《钢铁是怎样炼成的》。

北京青年报曾用“一本书，两国事，三代人”来形容《钢铁是怎样炼成的》这部小说，一点也不为过。1942 年梅益最早将这部小说翻译成中文，从 1952 年到 1995 年，《钢铁是怎样炼成的》一共印刷出版 57 次，发行 250 万册，梅益在重版后记中回忆这部小说的翻译和出版经过：一九三八年，上海在抗日战争中成为孤岛，上海八路军办事处负责人刘少文同志将这部小说的英译本交给了梅益，指示他说，党组织认为这部作品对我国的读者，特别是青年读者很有教育意义，让他作为组织交代的任务尽快翻译出版。梅益在妻儿全都重病需要照料的情况下将小说翻译完，译本于一九四二年由上海新知书店出版，为了出版这本书，书店的工作人员冒着生命危险，几人甚至因此被捕。……“文革”时期，人民文学出版社几次想再印这本书，可是因为译者是“死不悔改的走资派”一直没有实现，新版本在一九七九年出版。而新版本一出，又风靡不已。

保尔·柯察金幼年丧父，和母亲、哥哥相依为命，家庭非常贫困，依靠母亲为人洗衣缝补勉强度日。学校的神父让学生们帮忙干活，保尔·柯察金因为神父平时就看不起他，心生怨恨，便把烟灰偷偷撒在面粉里，被学校开除。小说开端就奠定了保尔的性格基础，尽管家庭贫困，但他从来不委曲求全、逆来顺受。被开除之后，母亲只能把他送到车站食堂做伙夫，尽管他勤快能干，但还是受尽欺负，他目睹了和自己一起的人怎么勤苦工作还是动辄挨耳光，他的朋友佛罗霞迫于生活压力卖淫换来三百卢布，自己却只能从堂倌普罗霍尔手里拿到五十卢布。后来因为连续工作了两天，疲劳过度的他不小心睡着了，水一直流到楼下弄湿了客人的行李，普罗霍尔将他打得浑身是伤，哥哥帮他报仇之后让他到发电厂干活学点本事。

“十月革命”爆发后，沙皇被推翻的消息传到了保尔的家乡——乌克兰谢佩托夫卡镇，红军也解放了保尔的家乡，将沙皇藏的两万枝枪分给了贫民，保尔和谢廖沙也抢到一枝。红军撤走之后，留下朱赫来做地下工作，保尔的哥哥介绍朱赫来到保尔所在的发电厂工作。骚动、兴奋的日子过去，生活又恢复了宁静，对保尔和他的朋友谢廖沙来说，最大的收获是听到了“自由、平等、博爱、布尔什维克”这些新鲜而懵懂的名词。慢慢地，保尔和朱赫来成为了朋友，听说保尔喜欢打架，朱赫来甚至投来赞许的目光，还教他打英国拳，朱赫来告诉保尔：“打架并不是坏事情，但要知道应该打谁和为什么打”，而保尔说自己只是在有理的时候才打架，但具体什么是有理他还不是很清楚。在湖边钓鱼的时候，保尔结识了林务官的女儿冬妮娅，他们都很倔强又喜欢看书，建立了懵懂的友谊。

红军一走，黑暗又回到了小镇，戈卢勃和帕夫柳克的军队发生了冲突，这次冲突在戈卢勃的军队里引起不满，帕利亚内查提议给士兵们一点“消遣”，让士兵们发泄怒气——他们管屠杀犹太人叫做消遣——保尔和谢廖沙私藏了很多犹太人避免被杀害。在黑暗、深沉的夜里，被追捕的朱赫来逃到了保尔家，两个人呆在一起的八天时间对保尔的一生产生很大的影响。他们进行了激烈的、深刻的交流，朱赫来告诉保尔，单枪匹马的战斗是改变不了现状的，而他心中的愤怒正是成为工人阶级的优秀战士的条件。冬妮娅要将保尔介绍给她的朋友认识，保尔很不喜欢她的那些朋友，而在愤怒离开的路上，他看见朱赫来被匪兵押解着，保尔救下了朱赫来，也因此被关进监狱。听到自己随时会被枪毙的消息，保尔虽也害怕，但并不屈服，只是对于自己究竟在坚持什么还不清楚。因为敌人的疏忽，保尔被错放，但侥幸的他不敢回家，不由自主地走到了冬妮娅的花园门前，冬妮娅救下了保尔。在哥哥送他去当红军的时候，保尔告诉冬妮娅，等到太平的那一天要做她的好丈夫。

保尔先当的是侦察兵，同时又因为喜欢读书，还是政治宣传员，经常把自己看的书讲给战友们听，尤其是《牛虻》。但他性格中始终有不安分的因素，为了“大干一场”，保尔向上级提出要当骑兵，上级狠狠训斥了他这种无政府主义者行为，但保尔还是自作主张加入了骑兵队。在一场激烈的战役中，保尔身负重伤，他用坚强的意志将自己从死神手里拉了回来，但却因为身体情况远离了前线，投入到了恢复国家建设的工作中。他忘情地劳动，从不抱怨，而就在这个时候，他和冬妮娅的感情产生了危机，他发现了冬妮娅身上庸俗的个人主义色彩，他无法把冬妮娅放在党的前头，于是和她分手了。

在铁路工厂任党委书记时，保尔结识了谢廖沙曾经的恋人丽达，第一次见面他就认识到丽达不仅是一个意志坚定的布尔什维克，也是一位美丽的女人，在革命友谊和儿女私情之间，保尔选择了革命友谊，他用牛虻的事迹来约束自己，最终下定决心断绝了对丽达的爱慕之情，失去了与志同道合的战友相爱的机会。因为恶劣的工作环境和不知疲倦的工作，保尔得了伤寒并引发严重的肺炎，只能回家乡调养。病愈后，保尔又回到了工作岗位。但是他的身体已经越来越坏，直到最后丧失了工作能力，只能长期住院治疗。

住院期间，保尔认识了达雅并坠入爱河，他一边帮助达雅学习，一边自己学习写作。最终，年轻的保尔全身瘫痪并双目失明，坚强的他甚至一度产生了自杀的念头，但关键时刻，他又用坚强的意志将自己从低谷拉了回来，开始了自己生命的另一段历程和另一项英雄事业——写作。病痛的折磨、手稿丢失的痛苦，虽一度使他灰心丧气，但却再也没能打倒他。通过自己口述、他人记录的方法，在妻子和母亲的帮助下，保尔用自己的生命写作了小说《暴风雨所诞生的》，用新的武器开始了新的生活。

《钢铁是怎样炼成的》有一条清晰的线索——主人公保尔的成长。最初他将烟灰撒在神父的面团里，只是因为讨厌他，他暴躁易怒喜欢打架只是满腔的愤怒无处发泄，而实际上这些朴素的愤怒正是他对黑暗不公的社会产生的原始情感；12 岁的他到车站食堂做伙夫，看着别人怎么轻松发财，自己和身边的人却动辄挨打丢饭碗，受欺负的心找到了归属并产生了简单的阶级意识，愤怒找到了出口，知道自己恨的是谁了；即便是奋不顾身救下共产党员朱赫来，但也更像是因为朱赫来是他的朋友而不是同志；等到被关在监狱里、被拷打，想到自己随时会丧命，他也很害怕，但已经开始寻找自己的归属和赐予自己力量的源泉。

进入军队之后，保尔在战友和战斗中找到了自己的另一个家庭，但他的个人主义色彩还是很重，他想当骑兵“大干一场”并且未经组织同意便私自行动，这时的他就是一个好大喜功、目无纪律的无政府主义者，他的个人主义色彩和集体主义还没有完全融合在一起;因为身体原因退出前线以后,他开始参加国家建设恢复工作,在较平静的工作中,他的性格慢慢沉淀下来,改掉了自己身上顽劣暴躁的地方,直到冬妮娅盛装格格不入地出现在他的阶级队伍里,他才终于无法忍受,因为党和阶级在他心里已经处于至高无上的地位,所以他告诉冬妮娅除非她加入到自己的队伍中来,否则要把她放在自己的党和阶级之上是不可能的;遇到谢廖沙曾经的恋人——志同道合的丽达之后,保尔心生爱慕,但却在儿女私情和革命友谊之间犹豫不决,最终他用坚定的革命意志战胜了儿女之情,即终于找到了自己的方向;病魔最终导致他全身瘫痪并双目失明,这件事对于曾经暴躁易怒的保尔,是不可想象的灾难,但这时的保尔已不同以往,因为他已经找到了自己的方向,无产阶级意志给了他新的力量,所以此时的他已经不会再被任何困难打倒了。作者严格遵循生活的真实来塑造人物,正是社会和生活将保尔从一个顽劣暴躁、喜欢打架的毛头小子,变成一个任何困难都打不倒的真正的无产阶级战士,所以保尔从来都不只是一个无产阶级的英雄,而且还是一个鲜活的人。对于保尔身上的缺点,作者毫不避讳,《钢铁是怎样炼成的》并不是英雄事迹的记录,而是一个英雄的成长史,向我们展示了一个人是怎样在社会的磨练和洗礼中成长为一个英雄的。

小说之所以带来感人至深的力量,和作者的经历有十分紧密的联系。奥斯特洛夫斯基是前苏联人,出生在乌克兰一个穷苦的家庭,15 岁时加入了共产主义青年团,当过兵,做过共青团书记。1927 年,年仅 22 岁的他全身瘫痪并且双目失明，但他却坚强地拿起笔创作了这部以自己为原型的《钢铁是怎样炼成的》，逝世时他年仅 32 岁。

这部小说在中国产生的影响远远大于其他国家，甚至是前苏联。半个多世纪以来，中国一代又一代的青年受到它的教育和鼓舞，保尔和刘胡兰、董存瑞、雷锋等英雄一样，始终受到青年的崇敬和爱戴，所以，这也是我们在共和国文学的经典记忆中一定要将这部作品纳进来的根本原因。抗日战争时期，中共党员吴运铎，在失去了左眼、左手，右腿残疾的情况下，抵抗着身体的疼痛和物资的缺乏，继续为军火研制尽自己的绵薄之力，被称为“中国的保尔·柯察金”；1980年，身残志坚的张海迪也被称为“当代保尔”。保尔这个名字在中国家喻户晓，早已成为顽强不屈、不向任何困难和磨难低头的代名词。对于中国的读者来说，《钢铁是怎样炼成的》像是一盏指路明灯，照亮了几代读者的心灵。读者们一遍又一遍阅读这本书，更多并非是被它的情节所吸引，而是因为保尔不平凡的经历可以带给人行动的力量。

书中作者自画像

《红岩》

文学类型：小说

作者：罗广斌（1924—1967）、杨益言（1925—　）

出版社：中国青年出版社

出版时间：1961 年 12 月

主题精神：共产主义精神，乐观主义精神，爱国主义精神

记忆因子：江姐，许云峰，成岗，小萝卜头

关键词：江姐，许云峰，红岩精神

“任脚下响着沉重的铁镣，任你把皮鞭举得高高，我不需要什么‘自白’，哪怕胸口对着带血的刺刀！人，不能低下高贵的头，只有怕死鬼才乞求‘自由’；毒刑拷打算得了什么？死亡也无法叫我开口！对着死亡我放声大笑，魔鬼的宫殿在笑声中动摇；这就是我——一个共产党员的‘自白’，高唱凯歌埋葬蒋家王朝。”《我的“自白书”》，是重庆地下工作者员陈然在狱中留下的著名诗篇，陈然就是《红岩》中成岗的原型。

《红岩》是以重庆地下工作者革命斗争为题材的长篇小说。素材提供者罗广斌、杨益言亲身经历了这段历史，他们曾被关押在“中美特种技术合作所”的集中营里，耳闻目睹了敌人的种种野蛮暴行和共产党人不屈不挠的斗争生活。作为屠杀的幸存者和历史的见证人，他们在写作了革命回忆录

《在烈火中永生》的基础上，花了数年的时间搜集整理先烈们的斗争事迹，后由作家车承友执笔加以提炼，历时十年之久，完成了这部长达四十万字的作品。

1948年，国民党统治下的重庆正处在黎明前最黑暗的时刻。工人余新江匆忙地行走在大街上，奉重庆地下党工运书记许云峰之命去和隐藏在银行的沙磁区委委员甫志高接头。许云峰指示甫志高在重庆大学附近建立沙坪书店作为备用的联络站，并强调要办成灰色的，以隐蔽为主，以便在关键时刻发挥作用。余新江推荐陈松林去做店员，陈松林在工作中发现甫志高和许云峰的工作方式有很大的不同。区委书记江姐奔赴华蓥山时也指示甫志高注意隐蔽，甫志高却不以为然。江姐怀着革命的热情和对丈夫的思念奔赴华蓥山，却在城门上看到了自己的丈夫华蓥山纵队政委彭松涛的头颅，她努力克制着自己的情绪，决定化悲痛为力量，在见到纵队司令员"双枪老太婆"后，忍着悲痛提出到丈夫生前的地方工作。

未向上级报告，甫志高自作主张吸收郑克昌加入书店工作，并私自扩大书店规模，出售红色书籍。许云峰知道后非常吃惊，并怀疑郑克昌是潜伏的国民党特务，指示陈松林立刻撤退并取消这个联络站，同时约见甫志高，指出他这是自作主张不服从大局的行为，要他即刻联系书店保证人刘思扬转移。从开始建立沙坪书店时，甫志高就心怀鬼胎。他预见到革命必然胜利，便开始在心里划分胜利果实，他热情地想要多做一些工作，并非出于革命需要，而是为了在胜利之后为自己邀功请赏。许云峰为他分析了危险的形势之后，甫志高既害怕又心存侥幸，但不愿就这么放弃自己温暖的小家庭，于是既没有及时通知刘思扬转移，自己也依然不服从命令，向家的方向走去，被埋伏在门口的特务抓获。

甫志高经不住特务的威逼利诱当了叛徒，致使许云峰、江姐、成岗、刘思扬、余新江等人被捕入狱，重庆地下党组织遭到重大破坏。特务头子徐鹏飞立功心切，妄图借此机会将革命党一网打尽，对革命者用尽各种酷刑，但坚强的革命者忍受着身体上巨大的痛苦守口如瓶，特务没有得到任何有用的信息，恼羞成怒的特务将他们投到监狱里，继续施加折磨，给他们吃霉烂的食物，还切断了水源，极力想迫使他们屈服。但是，艰苦的环境使革命者们更加团结，大家利用放风的时间挖出一眼泉水，阴险的特务又想从中破坏，在保护水源的斗争中，龙光华遭到毒打牺牲，犯人们集体绝食以示抗议，特务怕线索中断答应了革命者们提出的条件，大家赢得了第一阶段的顺利，大家不仅为龙光华举行了葬礼，生活条件也得到了改善。

即使是在艰苦的条件下，大家也从未放弃共产主义的信念，在渣滓洞和白公馆分别建立了自己的地下党组织，还和监外的党组织取得了联系，监外的党组织将解放战争胜利的消息源源不断地送进来，大家深深地受到鼓舞，更加坚定了解放全中国的信念，并开始谋划里应外合的越狱计划。随着解放战争的胜利，国民党的压力越来越大，他们放出了“和谈”的烟雾弹，暗中却加紧生产军火。为了麻痹共产党，特务释放了刘思扬，并捏造访谈信息。伪装成地下工作者“老朱”的郑克昌找到了刘思扬，企图利用他身上受不了委屈的知识分子的弱点，套取监狱中地下党组织的信息，刘思扬警觉地发现了“老朱”的可疑之处，郑克昌又伪装成党员高邦晋隐藏到渣滓洞的革命者中间，继续打探党组织的信息，又被江姐等人及时识破。

解放军日益逼近重庆，国民党特务们更加慌乱。渣滓洞和白公馆决定联合暴动，在白公馆潜伏十多年的共产党员华子良建立了和党组织的联系，许云峰也在暗无天日的地窖中挖出了一条逃生通道。但是就在暴动的前几天，特务们似乎嗅到了某种信息，他们撤换了看守员，调走了华子良，辛苦建立的联系又中断了。国民党在开始仓皇撤退的同时也开始了更阴险的破坏，蒋介石在重庆安排下六百多处爆炸点，要毁掉重庆所有的工业设施，给共产党留下一个烂摊子。这时潜伏在工厂和学校的地下党组织和联络站发挥了巨大的作用，他们组织工人学生护厂护校，特务的阴谋并未得逞。与此同时，特务加快了对革命者的屠杀，江姐、许云峰、成岗相继被秘密杀害，而就在许云峰被杀害的当天晚上，白公馆和渣滓洞同时举行了暴动，在越狱过程中，齐晓轩和刘思扬等同志壮烈牺牲，但更多的同志逃出了魔窟，伴随着解放军进入重庆的隆隆炮声，新中国越来越近了。

《红岩》取材于真实的革命斗争，里面的人物或者确有其人，或者是几个人的浓缩，它既有宏大的历史场面，又有细节的真实，这也是《红岩》能够成功并一版再版的原因。它塑造的一批典型的历史人物，早已成为文学史上的经典类型，如叛徒和特务等形象的塑造甚至成为后来文学作品中此类形象的原型。

《红岩》里的革命者给大家留下了深刻的印象，他们身上既有共同的革命热情和坚定的革命信念，又在斗争中展现着自己的性格特点。看到沙坪书店堆着的书籍，许云峰并没有被甫志高卖力工作的假象迷惑，而几乎是出于革命本能地嗅出危险的味道；和李敬原接头的茶园被特务包围后，许云峰快速想到甫志高并不认识李敬原，于是大声吸引甫志高的注意力掩护李敬原脱险，避免了更大损失；在暗无天日的地窖里，许云峰并未放弃革命的信念，硬是用自己的手指一点一点挖出了通道，党组织指示他逃跑时他首先想到的是如何运用通道救更多的人从而失去了逃生的机会。江姐同样具有这样的品质，看到甫志高自己拎着行李满头大汗，她不是感性地认为甫志高朴素，而是看到他在卖弄自己的“艰苦”作风；看到丈夫被悬挂在城门前的头颅，她对丈夫的爱化为对敌人的仇恨，仇恨又转化为更强烈的革命力量。江姐和许云峰他们一样，不仅有革命的激情，还讲究革命的智慧，革命的激情和智慧成为他们革命工作的本能，党需要他们做什么他们就做什么，而且要全心全意做好。连资产阶级家庭出身的刘思扬身上也有这种革命至上的精神，被特务强迫释放之后，他迫切地等待和组织联系，面对“老朱”对自己的怀疑，他感到被组织怀疑的痛苦，但即使在为自己辩解的时候，他还是让革命理性战胜了个人情感，让敌人的阴谋暴露无疑。在这些英雄人物身上，并非没有个人感情，但他们都把自己的感情让位给了更崇高的革命事业：成岗忍受着被妹妹怀疑的痛苦也不为自己辩解；华子良为了革命事业可以装疯卖傻十几年；为了既减轻对胡浩的折磨又保全秘密通道，齐晓轩将责任全部揽到自己身上。

特务头子徐鹏飞是美蒋领导下的特务代表。他既心狠手辣又诡计多端，在小说里，他的阴险狠毒不仅表现在对革命者的残害和对革命事业的破坏，还表现在和严醉在国民党内部的勾心斗角。对待成岗，徐鹏飞用尽各种酷刑，对待中共领导人许云峰，酷刑无效便改为要手段——设下鸿门宴邀请许云峰，想拍下一张许云峰叛党投诚的照片，幸亏许云峰机警识破了他的阴谋。徐鹏飞在"自己人"严醉身上也是要尽心机，为了把功劳抢到手，趁严醉不在挖走了他的线索私自行动，又利用和毛人凤的关系把严醉排挤到美国。当解放军逼近重庆，徐鹏飞一心想着自己的前程，对毛人凤阳奉阴违只求自保，而他这种反动特务的自私自利恰好和革命者的舍己为人形成鲜明的对比。

甫志高是《红岩》中的叛徒，也是后来很多小说影视作品中叛徒的原型。他是多年的地下革命工作者，潜伏在银行做会计，但养尊处优的潜伏工作麻痹了他的神经，随着解放越来越近，他不但放松了警惕，而且私心战胜了革命理性，开始为自己谋划未来，想多做一点好在革命胜利后为自己论功行赏，所以事事先为自己考虑。为了避免失去自己现在的生活环境，他不顾许云峰劝阻，不仅没有及时联系刘思扬撤离，还一意孤行返回特务埋伏好的陷阱，面对敌人的威逼利诱，他瞬间便叛党投敌，给重庆的地下工作带来巨大的损失。面对江姐的质问，甫志高终于露出真实面目："党给了我什么好处？凭什么要为你们卖命？一天到晚担惊受怕，还要装出笑脸忍受无尽的批评职责！"这恰好说明，他一直在工作中讨价还价、卖乖偷巧，实际是把革命工作当做了一种投资。

小说《红岩》问世以后，引起很大轰动，被称为“共产主义的奇书”，至今已有十几种版本，再版50余次，发行800多万册，成为发行量最大的小说，同时还被绘制成连环画，真正称得上是老少咸宜的作品。小说后来也不断被搬上荧屏银幕，里面的主要传奇人物江姐、双枪老太婆、小萝卜头等也被改变成各种同名电视剧或评剧、豫剧等。《红岩》中革命者面对敌人严刑拷打、威逼利诱所展现出来的坚贞不屈、视死如归的态度，在艰苦的条件下愈发坚定的共产主义信念，形成了红岩精神的内核，并且在作品的一版再版中，以及各种文艺形式中代代流传下来。时至今日，人们仍然对里面的很多细节记忆犹新：甫志高无耻的嘴脸，江姐梳头的动作，女犯们在监狱中深情地绣着新中国的国旗……很多人踏入重庆，便想起江姐等人在这里奋斗牺牲的事迹，对于那一代人甚至几代人，《红岩》已经渗透在血液里，成为对新中国新生活来之不易的最好诠释。

《红岩》插图

《雷锋日记》

文学类型：日记

作者：雷锋(1940—1962)

出版信息：解放军文艺出版社

出版时间：1963年4月

主题精神：爱憎分明的阶级立场，公而忘私的品质，为人民服务的精神

记忆因子：为人民服务的热情，对自我的反思，毛主席的好战士

关键词：雷锋精神，共产主义风格，无产阶级斗志

从严格的意义来说，《雷锋日记》并不是文学作品，但在那个特殊的时代里，它却有着与文学一样甚至远远超过文学的功效与影响，因此在共和国文学的经典记忆中，雷锋精神始终都是不可或缺的重要部分。“人的生命是有限的，可是，为人民服务是无限的，我要把有限的生命，投入到无限的为人民服务之中去。”这句出自《雷锋日记》的朴实无华的话代表了雷锋精神的实质，既是雷锋精神的精髓，也是雷锋全部人生经历的真实写照。

雷锋原名雷正兴，1940年出生在湖南省长沙市望城县一个贫穷的农民家庭，亲人在解放前相继含恨死去；他1954年加入中国少年先锋队，1956年高小毕业后参加工作，在参

加工作到入伍的三年时间里，他加入了共青团，三次被评为先进生产者，五次被评为红旗手，十八次被评为标兵；1960年，身体素质完全不符合征兵条件的雷锋，因为政治素质和经验技术过硬，被破例批准入伍，同年11月加入中国共产党；而从入伍到1962年8月15日因公殉职的两年多里，雷锋荣立二等功一次、三等功两次。

从1957年开始参加工作起，雷锋就养成了写日记的习惯。《雷锋日记》被发现并得到宣传，是一次机缘巧合。1960年10月底，沈阳军区工程兵政治部把雷锋借调到沈阳，为军区做“忆苦”报告。为了进一步了解雷锋的成长过程，在雷锋动身前，政治部副主任王寄语特意让工程兵10团政委韩万金嘱咐雷锋把日记带上。而在阅读完雷锋的日记之后，王寄语被日记的内容深深打动，安排摘抄并分发给党委常委们阅读。不久，《前进报》总编辑嵇炳前和新华社军事记者佟希文等前往军区机关了解雷锋事迹，在雷锋临时居住的办公室的床上发现了雷锋的日记。于是促成了雷锋1959至1960年的15篇日记于1960年12月1日用“听党的话，把青春献给祖国——雷锋同志日记摘抄”的标题，在沈阳军区机关报《前进报》上用一个版的篇幅摘录发表。

雷锋并不是在他去世后才出名的，其实生前他就已经是沈阳军区的一个模范，被称作“东北的一团火”，沈阳军区甚至提出了“学雷锋、赶雷锋、超雷锋”的口号。不过刚开始雷锋日记只是作为反映雷锋思想和先进事迹的辅助品，是到后来经1963年《人民日报》刊载雷锋日记摘抄之后，总政宣传部才决定将雷锋的日记出版成书。1963年4月，解放军文艺出版社(原解放军文艺社)正式出版《雷锋日记》,共选取了1959至1962年间的121篇日记,约四万五千字。

在当时出版的《雷锋日记》的前面,附有毛泽东、刘少奇、周恩来、朱德、林彪、邓小平等党和国家领导人的题词,由罗瑞卿作序。其日记内容可以分为以下几类:对工作的热情,对自己的反思和激励,为人民服务的事迹,对偶像的崇拜。

《雷锋日记》里经常能读到雷锋沉浸在工作中的日记。如1959年的一篇日记,他用诗歌的形式表达了看到翻车机的无比激动的心情:"你的力量无尽无穷,你的任务是多么重大而光荣。你有时有点小毛病,我们工人的心呵,好比失掉双手、眼睛还痛苦。"还有1960年的一篇:"小青年实现了美丽的理想,第一次穿上庄严的军装,急着对照镜子,心窝里飞出了金凤凰。党分配他驾驶汽车,每日就聚精会神坚守在机旁,将机器擦得像闪光的明镜,爱护它像爱护自己的眼睛一样。"生活中战士的修车、擦枪和小说电影里经常出现的农民修理农具一样,是新中国建立初期经常出现的一副画面,把劳动工具当做社会主义的财产,像爱护眼睛一样爱护劳动工具是真正陶醉在工作中的人才会产生的品德,所以《雷锋日记》里也经常出现驾驶汽车、修车、洗车的片段,甚至连他最终的意外也是在去洗车的路上发生的。不论什么工作,雷锋都将它当做整个社会主义建设的一部分;不论在哪个岗位上,雷锋从不自轻自贱,总能对工作有着无比的热忱。

《雷锋日记》中有很大一部分是对自己的激励和反思。雷锋文化程度不高,但他从未停止学习,从他在日记中引用的情况来看,他看了很多书,尤其是领袖作品。同时他还善于利用任何形式汲取养分，如报告会议、先进人物和历史人物事迹等。在日记中他表示要向市劳动模范张秀云学习高度的主人翁责任感，对党对社会主义建设事业的赤胆忠心；学习郑春满见义勇为舍己救人的英雄行为；学习黄继光为了党和人民的事业而牺牲自己的崇高精神，并联想到祖国领土和世界上三分之二的穷人还没解放，下决心要将革命进行到底；看了评剧《血泪仇》，他回忆自己的人生经历，更加坚定了绝不能好了伤疤忘了疼的决心；通过诸葛亮挥泪斩马谡认识到仅仅有自上而下的军令如山是不够的，还需要自下而上的自觉遵守；1962 年 3 月 24 日的日记记录了一件小事：雷锋看见炊事班的饭盆里有很多锅巴，便随手拿了一块，被战友指出后雷锋赌气走了出来，后来仔细反思，越想越觉得自己不对，又返回去承认自己的错误。这件小事既显示了雷锋严于律己的一面，也展示了他生活化的一面。

雷锋是理论和实践相结合的好战士。日记中他记录了很多自己用理论指导实践的事例：1959 年 11 月的某天晚上，突然下起大雨，建筑工地上还放着七千二百袋水泥，他想起党教导我们要爱护财产，于是连夜组织了一支抢救水泥的突击队，避免国家财产遭受损失，然后他在日记中这样写道："为国家、为党做的一点点工作而高兴"；1961 年 4 月 16 日，有战友找雷锋看电影，当时正是农忙时节，雷锋想到党号召要大办农业，以粮为纲，自己也是穷苦农民出身，就赶到抚顺市某生产大队帮助劳动；1961 年 4 月 23 日，雷锋在沈阳到旅顺的火车上，看到旅客很多服务员忙不过来，想到共产党员的全部任务就是为人民服务，于是主动做了一名义务服务员，为乘客倒水、打扫车厢等。类似这样的事例在《雷锋日记》中数不胜数，朴实中又透露着热情，从这些为人民服务的点点滴滴里，雷锋收获了快乐，体会到了奉献的乐趣。

在特殊的年代，毛泽东成为全国人民尤其是青年的偶像。《雷锋日记》里对毛泽东思想的活学活用，也深深打上了时代的印记。雷锋在日记中经常引用毛主席语录，做到了对毛主席语录烂熟于心，遇到每个棘手的问题，他都本能地去毛主席著作中寻找答案。1961年5月24日的日记记录了一件小事：雷锋给战友理发，但是技术不过关，战友很不满意，雷锋没有气馁，从毛主席的语录中看到"任何新生事物的成长都是要经过艰难曲折的"，于是他重新鼓起勇气，利用休息时间找人请教，终于克服了这个难关。雷锋在日记中还多次提到自己梦到了毛主席，如1959年十月："我在昨天晚上做梦就梦见了毛主席。他老人家像慈父般的抚摸着我的头，微笑地对我说：好好学习，永远忠于党，忠于人民！"

《雷锋日记》虽然语言朴实，但感情充沛，真诚有力，还特别善用比喻修辞：一朵鲜花扮不出美丽的春天，一个人先进总是单枪匹马，众人先进才能移山填海；一花独秀不是春，百花齐放春满园；虽然是细小的螺丝钉，是个微细的小齿轮，然而如果缺了它，那整个的机器就无法运转了，……但是再好的螺丝钉，再精密的齿轮它若离开了机器这个整体，也不免要当作废料扔到废铁料仓库里去的；一滴水只有放进大海里才能永远不干涸，一个人只有当他把自己和集体事业融合一起的时候才能有力量。他在1960年1月18日给自己的寄语："雷锋同志：愿你作暴风雨中的松柏，不愿你作温室中的弱苗”。这些语言朴素中蕴含着深刻的哲理，是他在实践中得出的真理感受，所以这些话在很长时间内被广泛传颂，激励了很多人。

《雷锋日记》记载的都是点滴小事，但这正是雷锋平凡而伟大的原因。雷锋的难能可贵正是因为他是和平年代的英雄，他并非凭着一时的激情，而是始终不随波逐流，坚持几十年如一日地在平凡的岗位上做好自己的本职工作。在《雷锋日记》里，看不到工作和生活、个人和国家、自己和他人这种界限，听到毛主席身体很好，他非常高兴；看到国家的进步，他由衷自豪；身边同志遇到困难，他发自内心地伸出援助之手。他真正把本职工作、个人价值和社会主义事业融合在了一起，因为得到了这种统一，所以他对待自己任何点滴的进步都感到高兴，犯了错误也能及时改正，又因为他看到了宏伟蓝图，所以随时都充满热情和信心。这显然并不是雷锋一个人的写照，其实也是新中国成立初期人民普遍的精神状态，每个人都干劲十足，人们甩掉了“草民”意识，他们对新中国抱有很高的期望，有了一种“家国”意识，认识到国家的富强与自己息息相关。

《雷锋日记》发行以来，很快引起了强烈反响，并在全国掀起一股学习雷锋的浪潮，这股热潮一直持续至今。五十多年来，还出现了无数纪念雷锋的其他艺术作品，歌曲《学习雷锋好榜样》、《接过雷锋的枪》、《东北人都是活雷锋》，电影《雷锋》(1963)、《离开雷锋的日子》(1996)，《雷锋在1959》(2013)、电视剧《雷锋》(2009)，以及辞赋书法《雷锋精神赋》(2012)等等，“雷锋”成为乐意助人、无私奉献的代名词。因毛泽东主席在 1963 年 3 月 5 日亲笔题词“向雷锋同志学习”，所以每年 3 月 5 日还被定为“学雷锋纪念日”，每逢这一天，全国上下很多单位、个人都会走上大街、养老院、医院等地开展各种无私奉献、助人为乐的活动。

周恩来总理曾将“雷锋精神”精辟地概括为四个方面：“憎爱分明的阶级立场、言行一致的革命精神、公而忘私的共产主义风格、奋不顾身的无产阶级斗志。”其核心实质是全心全意为人民服务。雷锋用他短短 22 年的生命，经历了中国由旧到新的过程，他在日记中多次提到相比较于新中国赋予自己新生，他所做的事情有多么微不足道，对于祖国对于党，他始终心怀感恩，这份感恩，正是社会发展进程中，个人对社会十分珍贵的品质。新中国建立以来，多灾多难的环境使新中国的前行步履维艰，但艰苦的环境涌现出了无数的大公无私乐意奉献的平凡英雄，他们都是“雷锋精神”的传承者。也正是因此，尽管《雷锋日记》原本可能并不是严格意

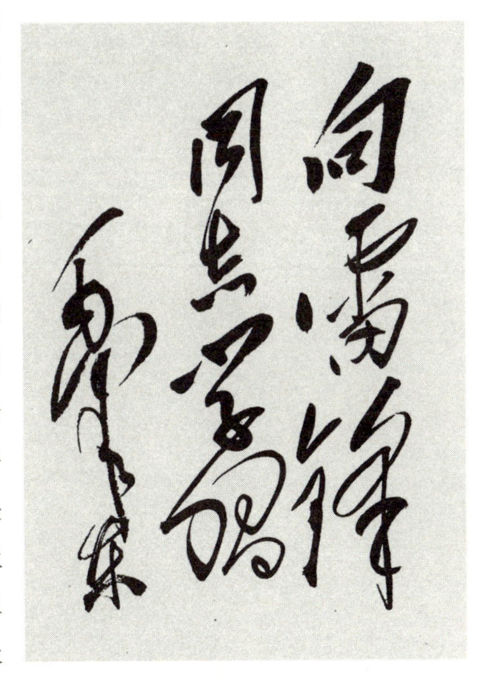

书中的毛泽东题词

义上的文学作品，但它一直以来却始终有着不亚于甚至远远大于文学的意义和影响，而我们也将其视为共和国文学不可或缺的部分，因为一直到今天，我们每一个人仍然都应该成为雷锋精神的传承者，从自己做起，从热爱、做好自己的本职工作开始，把雷锋精神发扬光大，为社会主义事业添砖加瓦——这可能更加是我们这个时代里文学应该承载起来的任务之一吧。

坚韧顽强的 1970 年代

《草原英雄小姐妹》

文学类型：连环画

作者：刘振声（编写），王玉泉（1931— ）（绘画）

出版单位：中国少年儿童出版社

出版时间：1965 年 5 月

主题精神：集体主义的奉献精神，面对困难勇敢顽强的意志品质

记忆因子：一定要把羊群保护好，一只都不能丢！

关键词：草原英雄小姐妹，集体主义，勇敢顽强，责任意识，奉献精神

1949 年新中国成立后，中国远离战火和纷乱进入到经济社会稳定发展的新阶段。人们在倍感骄傲和自豪的同时，更加珍惜来之不易的美好生活，立志要为社会主义事业不断艰苦奋斗，为祖国的繁荣事业奉献自己全部的光和热。与此同时，在国家民族精神的影响和鼓舞下，我国的文艺发展事业也在蒸蒸日上，不断涌现出广大群众所喜闻乐见并鼓舞精神斗志的文艺作品，例如小说、电影、连环画等。

连环画，在中国有着很悠久的历史，可以追溯到我国汉朝的画像石和北魏的敦煌壁画，魏晋时期顾恺之的《洛神赋图卷》、《女史箴图卷》等都是人物形象以绘画的方式连续出现，构成整个故事的发展情节，在图画的旁边配上简单的文字对情节加以解释和说明，这样的艺术方式很容易被人们欣赏和接受。到了唐朝，民间出现了通俗说唱形式“变文”，宋代的《列女传》也以多幅故事插图配文字解说的形式完整地介绍了情节发展，明清时代，则出现了很多配上插图的章回体小说。民国时期，连环画得到迅速发展，如《西游记》、《水浒》、《三国演义》、《封神榜》、《岳飞传》等有各种版本出现。后来连环画这种形式还被用到共产党土地政策、抗日政策、宣传新婚姻法等内容，推动了中国社会革命和建设的发展，小小的连环画也有了大用处。

连环画起初多以 64 开本图画的方式向读者特别是小读者们介绍故事的发展，这种图文相结合的特殊文学样式可以快速地吸引读者们的注意力，并且抓住他们的心。因为其开本小、有人物图画，南方称作公仔书、伢伢书，而北方则直接叫小人书，书上的题名叫做“连环书画”。1950 年以后，这种图文结合、易于被儿童阅读和接受的文学形式被正式命名为“连环画”，连环画的发展也进入到了一个全新的阶段。正是在这一背景下，众多真实故事被改编成连环画，例如经典之作《草原英雄小姐妹》。

《草原英雄小姐妹》的问世，在社会中产生了强烈反响，其中小姐妹为集体主义奉献的精神不但激励着当时的青少年，而且也影响着后代的中国人。作品是根据真人真事改编而成的：事情发生在 1964 年的内蒙古自治区达茂旗新宝力格公社日光大队，真实的主人公是两个年幼的女孩——11 岁的吴龙梅和 9 岁的吴玉荣——她们在替父亲放羊的时候，勇敢地舍身保护集体财产。而事件发生时，一位作家和一位新华社记者正好在白云鄂博采访，当他们听说有两个牧民的小女孩为保护集体财产而被冻伤的故事，立即进行了采访。1964 年 3 月 12 日，新华社播发了《暴风雪中一昼夜》的通稿，被《人民日报》等许多报纸、广播刊播。第二天即 3 月 13 日，时任国务院副总理、自治区党委书记的乌兰夫亲笔题词："龙梅、玉荣小姊妹是牧区人民在毛泽东思想教育下成长起来的革命接班人。我区各族青少年努力学习她们的模范行为和高贵品质!"第三天即 3 月 14 日，《内蒙古日报》发表了长篇通讯《草原英雄小姐妹》，紧接着内蒙古自治区党委做出决定，授予龙梅、玉荣"草原英雄小姐妹"光荣称号。人们被他们小小年纪就懂得保护集体财产的责任意识和奉献精神所感动，他们这种舍己为公的优秀品质也受到了国家和人民的一致赞扬和好评，学习草原英雄小姐妹集体主义精神的活动在全国迅速地展开。为了宣扬两姐妹的英雄事迹，特别是向同龄的小朋友们传达这种为了保护集体财产不惜牺牲自我的集体主义奉献精神，号召大家以草原英雄小姐妹为榜样做一个爱国家、爱集体、爱奉献的好孩子，1965 年 5 月中国少年儿童出版社根据这个真实的故事改编并出版了《草原英雄小姐妹》故事连环画。连环画为 24 开 24 画页全彩印单行本，由刘振声编写，王玉泉绘画，封面是身穿民族服装、系着红领巾的龙梅和玉荣满脸笑容地站在一起，身后背景是集体的羊群，这也是第一个最集中的"草原英雄小姐妹"故事连环画。

故事讲述的是在 1964 年 2 月 9 日，热心的父亲吴添喜要去帮邻居粉刷房屋，11 岁的龙梅和 9 岁的玉荣姐妹俩主动要求替阿爸去放集体的 384 只羊，她们赶着羊群，看到村庄附近的草滩被积雪覆盖，羊儿难以觅食，便商量着把羊群赶到村南远一点的丘陵地带放牧。可没有想到一场暴风雪来临了。临近中午，乌云从西北方遮天盖地滚了过来，狂风发出刺耳的呼啸，凛冽的寒风夹杂着大雪铺天盖地涌来，羊群受到惊吓乱作一团，顺风奔跑。姐妹俩想赶紧聚拢羊群，可是暴风雪太大，根本做不到，为了保护公社的羊群，她们俩只好紧跟着，羊群跑到哪里，她们就追到哪里，心里只有一个念头：一定要把羊群保护好，一只都不能丢！在追赶羊群的路上，龙梅发现一只羊冻死了，姐妹俩很难过，但为了减少公社的损失，小龙梅还是顶着风雪，把死羊放到高坡上等雪停了再拿回公社处理。半夜时分，一天一夜没吃没喝的姐妹俩，在零下三十七度的严寒里，跟着羊群跑了几十公里，力气耗尽了，双腿也冻僵了，终于再也无法迈动脚步，跌倒在地，不一会儿龙梅便困乏得迷迷糊糊睡了过去。

当龙梅猛然苏醒，才发现羊群和妹妹不见了，她奋力跑了两三公里才追上，等到第二天中午，龙梅才发现妹妹脚上的毡靴早就不见了，脚被冻成了两个结结实实的大冰坨。眼看羊群走远了，龙梅背着妹妹去追赶羊群，可没走几步就摔倒了，玉荣哭着说："姐，不行不行，你根本就没那个力气了。你别管我，赶紧去追赶羊群吧。"龙梅也开始犯难，但为了保护集体的财产，她迅速地将妹妹安置到避风的地方，自己去追赶羊群。就这样，姐妹俩为了保护、追赶羊群整整走了 20 多个小时，寒冷、恐惧、饥饿、疲劳还有更重要的责任感，全部集中在了两个小姑娘身上。幸好牧民哈斯朝禄父子俩发现了奄奄一息的龙梅，叫铁路工人和寻找她们的公社书记等人赶到，使姐妹俩和羊群都安全脱险。

入院不久，神志逐渐恢复的龙梅便急切地问身边的医生："叔叔阿姨，我们的羊群怎么样了?"当人们告诉她 384 只羊仅冻死 3 只，其余的都安然无恙时，她开心地笑了。可是姐妹俩为了保卫集体的财产也付出了惨重的代价，由于冻伤严重，龙梅失去了左脚拇趾，玉荣右腿膝关节以下和左腿踝关节以下做了截肢手术。

《草原英雄小姐妹》的故事受到广大读者深深喜爱，不断地被一代代地传承下来，并且陆续出现了许多的改编作品。1965 年 6 月人民美术出版社出版了由小流根改编的《草原小姊妹》，张品操绘画，封面是漫天风雪中姐妹俩手拿羊鞭守卫着羊群。1965 年 8 月天津人民美术出版社出版的《草原小姐妹》，是"红领巾故事集"中的一本，由杜滋龄绘画，封面为风雪之夜姐妹俩赶着羊群一边前行一边瞭望。1965 年 9 月上海少年儿童出版社出版的《草原两姊妹》，由赵琦编写，朱延龄绘画，采用独特的水墨画构图，封面上描绘的黑夜、风雪、羊群和小姐妹烘托出了当时的恶劣环境、紧张气氛和两姐妹的坚强信念。另外，各种动画片、芭蕾舞剧、儿歌、现代京剧、琵琶独奏曲、木偶剧等艺术形式也纷纷参与对这个故事的讲述。与此同时，《草原英雄小姐妹》连环画在内蒙古、新疆等地也改编成民族文字出版，外文出版社还出版了英、法、日等文字的连环画。1973 年，刘德海、王燕樵、吴祖强创作了一首琵琶协奏曲《草原英雄小姐妹》，被翻译为英文"*Little sisters of grassland*"，"以蒙古族孩子玉荣和龙梅在暴风雪中保护公社羊群的动人事迹为依据写成"，分为草原放牧、与暴风雪搏斗、在寒夜中前进、党的关怀记心间、千万朵红花遍地等五部分，并多次在国外公演，使草原英雄小姐妹的英雄形象和优秀品质也得到了世界人民的接受和认可，成为父母们教育孩子健康成长、乐于奉献的优秀楷模。草原英雄小姐妹的真实经历在被多种艺术形式的进行重现和演绎后，早已不仅是一对姐妹保护公社羊群无私奉献的故事，而是几代人心中难以割舍的童年印记和难以磨灭的红色经典。

2002 年 12 月 26 日，有一位记者在呼和浩特采访玉荣时，谈到了《陪读夫人》里的一段故事：身居美国的母亲为了让儿子学汉语，讲起了“草原英雄小姐妹”的事迹，当儿子听到小姐妹为保护公社的羊被冻成重伤时，他突然发问：“妈妈，她们这样做，公社会付给她们很多钱的，是吗？”……“我们老师说，没有一样工作应该没有报酬呀。”但母亲告诉儿子：“最好的奖励是全国小朋友都学习这两个草原英雄小姐妹。这能用钱买得到吗？”于是儿子终于明白了，“世界上还有一种工作是不能计算报酬的”。

龙梅和玉荣在同暴风雪搏斗追赶羊群的时候，姐妹俩只有一个念头——公社的羊一只也不能丢，为了保护集体的财产，姐妹俩甚至不惜牺牲自己的生命。在新中国建立和发展后，人们既对新生活充满了无限的憧憬和期许，又希望新生活不受一点点的损害，那种对于新生活的渴求和信仰是今天的我们难以达到的高度。龙梅和玉荣作为两个十几岁的孩子，可能并不明白什么是真正意义的集体主义奉献精神，但是从父亲对他们的嘱咐“这是公社的羊，千万要当心”中能够清楚知道集体的利益高于一切，公社的财产比自己的生命更宝贵，这也更加清楚地看到集体主义的伟大信仰在不断地传承和发展。她们这种看似年幼的“无知”,更加说明了她们不怕困难、临危不惧、舍己为公的优秀品质的真实性和可贵性,她们战胜困难的顽强意志和一心为集体的高贵品质更值得我们去学习和尊敬,这也是为什么草原英雄小姐妹的故事在当时会被广泛地宣传,受到大家赞扬与尊敬的最重要原因。

今天,当孩子们手捧着《草原英雄小姐妹》津津阅读的时候,他们也可能会问和上面那个小朋友一样的问题。但我们不能忘记的是,正是这些英雄们始终把集体利益和集体观念作为其最高的信仰和准则,更懂得牺牲小我、成全大我,我们的国家和民族才能有今天的发展和进步,我们才能以更加骄傲的姿态屹立于世界民族之林;我们更不能忘记,我们的祖

当年影响较大版本的连环画封面,上海人民出版社 1970 年出版,上海电影系统《草原英雄小姐妹》编绘组编绘

辈、父辈和现在的我们也不断地被这样真实的、可贵的英雄事迹所感动，激励我们在幼小的心里立下了想要成为草原英雄小姐妹一样的小英雄，继而成为国家和民族利益的忠实维护者和捍卫者，集体主义精神的熏陶和代代传承才使得我们有了更伟大的信仰和使命，才有了我们国家和民族发展的不竭动力。

《红色娘子军》

文学类型：电影，芭蕾舞剧，现代革命京剧

作者：梁信（编剧）（1926— ），谢晋（导演）（1923—2008）

出品单位：上海电影制片厂，中央芭蕾舞团，八一电影制片厂

出品时间：1960 年，1964 年，1972 年

主题精神：对旧社会残暴势力的控诉，对革命女性反抗精神的歌颂

记忆因子：第二次国内革命战争的硝烟，海南红色娘子军的斗争，旧社会底层民众的悲惨生活

关键词：战争，红色娘子军，吴琼花，洪常青，反抗，革命

在“文革”时期流行一时的革命样板戏，其酝酿与创作成型较早，20 世纪 50 年代就已出现的“京剧现代戏”实际上是它的前身。“京剧现代戏”是延安解放区戏曲改革的继续与发展，也是新中国文坛的重要收获之一。当时的中国文坛刚刚经历了“反右”等一系列的批判运动，随后 1962 年“阶级斗争”学说的提出和 1964 年开始的“四清运动”，更加剧了文艺界政治氛围。一方面，传统文化遭到全面清除，所有文学创作几乎都遭到否定和质疑；另一方面，革命现实主义与革命浪漫主义创作方法成为创造“无产阶级文学艺术”的唯一指导原则。文艺问题作为“上层建筑”中一个重要问题得到了前所未有的高度重视，而戏剧作为一种影响面大的特殊文艺

形式,尤其得到了更多关注。不过革命样板戏的最终修改、定型,还是在江青发表《谈京剧改革》后的 1964—1966 年间。1964 年在北京举办了京剧现代戏汇演,京剧古装戏彻底停演。1965 年 3 月,北京京剧团在上海演出《红灯记》后,上海某报评论员和当地艺术家先后在报纸上发表文章称之为"样板"。1966 年 12 月 26 日《人民日报》发表的《贯彻执行毛主席文艺路线的光辉样板》一文,首次将京剧《红灯记》、《智取威虎山》、《沙家浜》、《海港》、《奇袭白虎团》,芭蕾舞剧《红色娘子军》、《白毛女》和"交响音乐"《沙家浜》并称为"革命艺术样板"或"革命现代样板作品"。

1967 年 5 月 23 日是《在延安文艺座谈会上的讲话》发表 25 周年纪念日,当天起样板戏在北京各剧场同时上演,毛泽东先后多次率中共中央政治局成员出席观看,给予革命样板戏以特殊的政治支持。1967 年 5 月 31 日,《人民日报》发表社论《革命文艺的优秀样板》,其中五次出现"八个革命样板戏"字样,随即这一话语成为宣传用语风靡全国。1970 年 5、6 月间,毛主席关于要普及样板戏、要组织群众演出样板戏的指示开始传达,于是 1970 年下半年和 1971 年,业余团体也纷纷演出七个剧目,其中的五个还被拍成电影(包括黑白的电视屏幕复制片)在全国放映。而这一时期,正逢文艺作品最贫乏的"文革"中期,所以更使样板戏有了唯我独尊的推广,群众被组织学唱样板戏,广播电台频繁播放七个戏剧和三个音乐等十个样板戏,普及样板戏运动几乎贯穿于整个"文革"时期。

在时代的意义上,样板戏迎合了"文革"时期政治宣传对文艺提出的需要，进而成为向民众进行普及的文艺“样板”，其主要作品有：京剧《智取威虎山》、京剧《红灯记》、京剧《沙家浜》、芭蕾舞剧《红色娘子军》、芭蕾舞剧《白毛女》、京剧《海港》、京剧《奇袭白虎团》、交响音乐《沙家浜》、钢琴伴唱《红灯记》、钢琴协奏曲《黄河》、京剧《龙江颂》、京剧《红色娘子军》、交响音乐《智取威虎山》、京剧《平原作战》、京剧《杜鹃山》、芭蕾舞剧《草原儿女》、芭蕾舞剧《沂蒙颂》和京剧《磐石湾》等。此外，样板戏中的戏剧作品都被拍成了电影，“文革”中影响最大的戏剧作品都在其中。

《红色娘子军》在革命样板戏中，无论是内容还是艺术形式上均属于少数几个较为优秀的作品之一，它深深地打上了时代烙印，是那个特定时代政治话语的文艺表达，同时也成为生活在那个年代人们的经典记忆。现代革命京剧《红色娘子军》是中国京剧团根据梁信编剧、谢晋导演、1960 年上海电影制片厂拍摄的同名电影集体移植创作，中国人民解放军八一电影制片厂 1972 年摄制、公演。而且，“红色娘子军”在现实生活中是有其人物原型的，这个动人心魄的故事就发生在 20 世纪 30 年代的中国海南岛。1931 年 5 月 1 日，中国工农红军第二独立师第三团女子军特务连在琼崖苏区乐会县第四区赤赤乡内园村正式成立，这就是著名的“红色娘子军”。队伍中绝大多数是来自于农村的青年妇女，有的来自农民赤卫队，有的是共产党员、共青团员，她们作战勇敢，曾在第二次琼崖苏区反围剿中完成过掩护任务。《红色娘子军》以这支队伍为原型，以革命历史为背景依托，讲述了从恶霸南霸天府中逃出来的丫鬟琼花，在红军党代表洪常青的帮助下，从一名苦大仇深的农村姑娘，逐渐转变成一名有着坚定的共产主义信念的红色娘子军战士的过程。

全剧围绕着吴琼花的成长历程展开故事情节：1930 年的海南岛五指山区，在中国共产党领导下，一支由劳动妇女组织起来的革命武装队伍——“红色娘子军”成立了。琼花是椰林寨大地主南霸天家的女奴，祖祖辈辈都受南霸天的压迫，她怀着世代的冤仇，一次次反抗、逃跑，一次次被抓回来，被打得遍体鳞伤，关入水牢。这时椰林寨来了一位着装华贵的巨商，自称从海外携巨款归来，荣显故乡。南霸天企图利用这个侨商扩充其反共势力，于是大摆宴席拉拢他。侨商临走时借口要一个侍女而带走了琼花，在路上给琼花松了绑，并给她四个银元，指点她投奔娘子军。琼花找到并参加了娘子军，在这里又见到了那位“华侨巨商”，原来他是娘子军的党代表——洪常青书记。琼花在严格训练和艰苦斗争的考验中不断成熟进步，但有一次到南霸天府上执行侦察任务时，路遇南霸天，心头怒火一时难抑，开枪打伤了南霸天，违反纪律受了处分，领导对她进行了严肃的批评教育。后来红军决定解放椰林寨，洪常青又一次利用“侨商”身份，带着“丫头”琼花再入南府。黑暗中琼花摸进了南霸天的卧室，真想一枪把他打死，但是她想到了纪律，想到了洪常青书记的批评和教诲，所以这次她没有开枪，一直坚持到娘子军总攻开始。

娘子军解放了椰林寨，斗争了南霸天，不料南霸天乘夜逃跑，琼花在追捕时中了敌人暗算，受了重伤。伤愈后琼花再次要求冒险去抓南霸天，洪常青启发她要克服狭隘的复仇观念，树立消灭封建剥削制度、解放全中国的崇高理想。这时国民党反动派出动大批军队，向海南革命根据地发动大举进攻，红色娘子军暂时撤离了椰林寨，南霸天又回到椰林寨。正是在这样严峻的时刻，琼花加入了中国共产党。洪常青率领娘子军在分界岭执行阻击任务时，为掩护战友撤退负伤被捕，最后英勇就义。琼花毅然担起重担，继任娘子军党代表，率领娘子军与主力部队汇合重新解放了椰林寨，亲自宣布对沾满人民鲜血的大恶霸南霸天执行枪决。红色娘子军在琼花的带领下，高唱胜利战歌，迈上了革命斗争的新征程。

现代革命京剧《红色娘子军》深刻而生动地刻画了女主人公吴琼花勇敢倔强、深沉善良的性格，塑造了红军干部洪常青高大光辉的英雄形象，谱写了一曲妇女投身轰轰烈烈革命战争、以青春和热血去追求男女平等、反抗封建压迫、保家卫国的壮丽诗篇，展现了底层民众特别是旧社会女性追求平等、反对压迫、渴望新生的强烈愿望，具有可歌可泣的历史和民族精神价值，早已成为人们心目中的红色经典，而故事的结局在某种程度上也满足了人们反抗社会不公、善有善报、恶有恶报的永恒心理期待。

在《红色娘子军》中，值得注意的一点是恶霸地主“南霸天”这一名字，实际上带有隐喻意味，意为在海南岛独霸一方，与党代表“洪常青”的名字形成鲜明对比，不仅情感好恶高下立判，更深层次的含义则是南霸天所代表的封建反动势力必被消灭，而党领导人民进行的解放事业必将取得胜利。在剧作中，南霸天不仅欺凌吴琼花这一代人，而且对他们的祖辈就曾压迫剥削，琼花对南霸天的仇恨也并不仅仅是个人的，而是世代的冤仇，这实际上已经上升到两个阶级之间的仇恨。也正因琼花的遭遇不仅是个人的，于是才深深地唤起了广大劳苦大众对地主阶级、对旧社会的憎恶与仇恨，后来有勇有谋的党代表“洪常青”救了吴琼花，便唤醒了更多人的革命意识，受苦受难的底层民众已经认识到，只有奋起反抗才能过上平等的新生活，只有依靠共产党才能走向个人的解放，集体的解放，乃至全民族的解放。

《红色娘子军》作为中国最负盛名的京剧之一，不仅为特殊历史时期的一代人提供了精神食粮，而且为其后几代人都点燃了生命的激情，自它诞生之日起，就产生了巨大而深远的影响。首先，剧作以其自身的艺术成就，为世界芭蕾、京剧带来了一次革命。从 1964 年芭蕾舞《红色娘子军》首演，到 1972 年现代革命京剧《红色娘子军》公映，“红色娘子军”的故事，以芭蕾、京剧等多种艺术形式演遍了大江南北，也风靡了亚、欧、美、非的许多国家，受到世界各国人们的热烈欢迎和普遍好评。据不完全统计，仅中央芭蕾舞团演出芭蕾舞剧《红色娘子军》就超过两千场，而现代革命京剧的演出及电影的放映则更是不可计数，观众人数无法估量，从而写下了中国电影、芭蕾舞、京剧史上的一段传奇。其次，我们应当正视其作为“红色经典”的地位，看到其持续为人们供给精神营养、点燃生命激情的艺术价值。现代革命京剧《红色娘子军》“文革”时期曾风靡大江南北，但因其自身强烈的政治色彩，在“文革”之后曾一度停演。这实际上涉及到如何评价“样板戏”的问题。应该说，样板戏是反映“文革”时期政治意识形态的艺术作品，很多作品的确沦为了政治的传声筒和权力的附庸，尤其是在打上"江记"的标志之后，出现了政治化、符号化、神化的严重的"左"的偏向，在舞台上的动作表现十分生硬与符号化，任意挥舞拳头，单纯表现革命热情，甚至成为那个时代人们记忆中的"噩梦"①，因此由于对"四人帮"等祸国殃民行径的深恶痛绝，很多人对样板戏彻底否定，将其扫进历史的垃圾堆，是可以理解的。但也不可否认的是，革命样板戏作为集体创作的艺术成果，在浓厚的政治色彩下仍然还是形成了一定的艺术性。虽然强调政治标准第一、形式服从于内容的原则，但并没有完全放弃对艺术效果的审美追求。此外，由于剧作家、演员、美工等对艺术的精益求精，也使得部分革命样板戏有着很高的艺术价值，就像学者汪人元等说的，起码在艺术的角度上，"样板戏"的音乐就有着突出的成就②。事实也的确如此，现代革命京剧《红色娘子军》能在万马齐喑的"文革"年代响彻中华大地的每一个角落，一个重要原因就是因为它宏伟而震撼人心的音乐具有强烈的冲击力，显示了英雄人物昂扬的斗志和高贵的精神气质。

从报告文学，到故事片、舞剧、京剧，再到电视剧，《红色娘子军》在近半个世纪里感动了一代又一代的读者和观众，每一次改编及由此产生的效应不仅源于文艺政策的调整及作品本身的艺术成就，更源于其内蕴着坚韧顽强的人民品质

---

① 巴金.随想录[M].上海：三联书店，1987，808.

② 汪人元、张辉."样板戏"——历史留下的话题，世纪中国：http://www.cc.org.cn/.

与共和国精神，这种精神历久弥新，在任何时代都不会过时，在任何时代都将鼓舞人们为了那些美好理想与伟大信念而努力。在正值“三年自然灾害”的1960年，电影公映，在饥饿年代供给人们精神食粮；芭蕾舞剧公演的1964年，坚定了人们进行社会主义建设的信念；现代革命京剧被拍摄成电影的1972年，给了人们黑暗的夜里一缕微光；1992年在原作基础上重排的芭蕾舞剧，在信仰危机的年代，再次感动了亿万观众。《红色娘子军》历经时代变迁，却都能深入人心，为人们所接受，正在于其内在的艺术成就与精神品质。

现代芭蕾舞剧1972年演出本《红色娘子军》

实际上，在“文革”结束至今已三十多年后的今天，在人们早已摆脱掉欣赏心理上的政治负担之后，再来重新审视笼罩着政治阴霾的现代革命京剧《红色娘子军》，我们并不难发现其本身所拥有的艺术价值。就像意大利著名历史学教授玛丽尼拉谈到《红色娘子军》

时认为的，它的价值和内涵，已经超越了时代和意识形态的局限，“令我们不得不关注它的存在，可以说《红色娘子军》已经成为了人类文化遗产的一部分”①。而“文革”后经过重排的《红色娘子军》则又掀起了一次次高潮，显示出了它内在的精神品质和艺术价值与当下人们心境的深深契合：在这个物欲横流的年代，人们有必要重温那段激情燃烧的岁月，重拾那些坚韧不屈、勇敢顽强的伟大精神，以此来洗涤灵魂，缓解危机，找回失落的世界。

---

① 陈一鸣，黄婷婷.《红色娘子军》改编 40 年[N]. 南方周末，2004 - 5 - 6.

《闪闪的红星》

文学类型:电影

导演:李俊(1922—2013)

出品:八一电影制片厂

放映时间:1974年7月

主题精神:对信念和理想的追求,对革命后代的赞颂

记忆因子:战时的白色恐怖,红军战士的伟岸,革命后代的成长

关键字:中国共产党,革命后代,潘冬子,理想与信念,成长

1949年至1966年“文革”爆发前的17年期间,随着国家“一五”、“二五”计划的展开,我国的经济发展日新月异,虽然有“反右”等左倾思潮的干扰,但社会相对稳定,在红色新生政权的感召下,我国的电影事业也蓬勃发展,进入了崭新的阶段。1949年4月,以东北电影制片厂摄制的新中国第一部故事片《桥》为开端,直至“文革”前,先后拍摄了包括《中华女儿》、《白衣战士》等励志影片,展现了革命战争年代抗日英雄、军队医生的坚贞不屈及对革命理想的执着追求,受到社会各界的好评。1966年,党的八届十一中全会通过《关于无产阶级文化大革命的决定》,要求文艺要全面、直接地为无产阶级政治服务,并提出了“三突出”原则——“在所有人物中突出正面人物,在正面人物中突出英雄人物,在英雄人物中突出主要英雄人物”——成为“文革”时期中国所有文学艺术的唯一创作理论、批评方法及标准。不久又作为“三突出”的补充，提出“三陪衬”——在正面人物与反面人物之间，一般人物要反衬正面人物；在所有正面人物之中，一般人物要烘托、陪衬英雄人物；在所有英雄人物之中，非主要人物要烘托、陪衬主要英雄人物。1972 年 10 月，国务院文化组在北京召开“拍摄革命样板戏影片座谈会”，会上呼吁来自八一、长影、北影、上影、新影等制片厂的负责人员多拍些给孩子们看的电影。会后，八一厂革委会主任彭波召集创作人员，学习会议精神。大家一致同意拍摄一部儿童故事片，这样做不仅可以回应会议的精神，更因相对于现实题材，儿童题材电影考虑到少年儿童接受主体的认知与理解能力，政治意识形态的说教性会控制在儿童可接受的范围，进而使大家将精力放在电影艺术性的突破方面。大方针确定后，大家异常兴奋，便分头寻找可供改编的文学作品。李心田的小说《闪闪的红星》最终被找到，八一厂决定将其改编成为一部儿童电影。

小说《闪闪的红星》是作者李心田 1961—1966 年间创作的，1971 年修改后于次年 5 月由人民文学出版社出版。小说依据众多真人真事创作而成：江西根据地的一位红军，长征时留给家中儿子一顶帽子，后来红军的儿子竟拿着这顶帽子找到了父亲；抗战时胶东有个 17 岁入党的女青年，入党的第二天就被捕，后来被敌人活活烧死了……这些事迹深深感染了李心田，帽子的红五角星及其内蕴的理想、信仰成为感召潘冬子成长的精神支柱，而被敌人烧死的年轻女党员成为小说中冬子妈妈的原型，正是这些真实的故事使得《闪闪的红星》更具有感染力和亲和力，更贴近老百姓的生活实际，作品的成功在于小说中人性、亲情与阶级感情及儿童天性之间达成了某种平衡。

八一厂迅速组建电影剧本创作组，确定由陆柱国、王愿坚、王汝俊、曹欣、陈亚丁等人负责小说改编，陆柱国负责初稿写作，李俊为摄制组第一导演，1974 年 3 月同名剧本完成。潘冬子这一角色由当时北京的三年级学生祝新运扮演，他眼睛炯炯有神，机灵可爱，有表现能力和表演潜能，与作品中潘冬子的机智勇敢、大胆果断、嫉恶如仇的性格特色完全一致，所以他一出现在导演的面前，就获得认可，照片被寄给小说作者李心田，李心田也觉得这就是自己心目中革命潘冬子的形象。对于没有表演经验的小新运来说，拍摄电影无疑是莫大的挑战，但他不仅悟性高，表演动作也准确到位，加之刻苦努力，使得电影的拍摄过程十分顺利。1974 年 9 月，影片制作如期完成，同年秋顺利通过审查，并被确定为国庆 25 周年献礼重点影片。1974 年 10 月 1 日，《闪闪的红星》在全国正式上映，当即产生了巨大的轰动效应，迅速红遍大江南北。历史发展到今天，当我们不断回眸《闪闪的红星》这部已经上映几十年的电影时仍然会看到，历经几十年的风雨，它仍以顽强的生命力穿越了中国电影发展史上最暗淡的“文革”岁月，至今依然深深感染着一代又一代的观众，成为几代人共同的精神记忆，建构着我们的内心世界和精神家园，就像那顶帽子上的红星依然熠熠生辉，照亮了过去的岁月并引领未来，从未黯淡失色过。今天我们早已把它定位于爱国主义教育影片，伴随着共和国一代代儿童的成长，成为不可或缺的集体记忆。

影片讲述了红军革命后代潘冬子的成长故事。1931年，只有7岁的潘冬子在听到远处零星的枪声时，机灵地爬上大树，向着枪响的地方瞭望，而在他与好朋友椿伢子的对话中，每次提起红军、革命，都会热血沸腾，眼睛里充满光芒，对将要到来的红军与革命充满了憧憬与期待。幼小的他知道红军革命是革土豪老财的命、帮穷人翻身的，而让他引以为豪的是，自己的爸爸就是一名红军战士。后来，冬子的爸爸潘行义在对敌作战中负伤，因药品短缺，在手术中爸爸主动将麻药留给他人，这一舍己为人的举动深深地感动了冬子，同时红军吴大叔的革命教育，更加深了他对革命信念与理想的认识。然而革命并非一帆风顺，红军主力被迫撤离中央根据地，爸爸也要随部队转移。临行前爸爸送给冬子一颗红五角星，冬子拿起这颗五角星，感到无比的幸福，更加坚定了对于革命的信念和理想。地主恶霸胡汉三在红军走后，再次回到村子，继续欺压百姓、作威作福。就在革命处于艰苦阶段的时候，冬子的妈妈却毅然加入了中国共产党，与父亲一起成为冬子的榜样，也更加激起了他对革命的热情。可是妈妈在之后的革命斗争中为了掩护乡亲们撤退而壮烈牺牲在火海之中，冬子含着眼泪劝阻要前去营救妈妈的乡亲们："爷爷，妈妈是党的人，绝不能让群众吃亏。"幼小的冬子深切地感受到革命的残酷，但是对敌人的仇恨、对人民的关爱和无私忘我的斗争精神也在母亲逝去的火光中诞生了。在接下来的革命战争中，冬子有勇有谋，几次协助红军取得了胜利。党组织领导人吴大叔把冬子带到山上的队伍里，加强革命思想教育,使他很快就长成一只革命的小鹰。为了使自己尽快成长,冬子离开游击队这个温暖的革命大家庭,投身敌对环境中,跟着宋爷爷这位"导师"在实践斗争的学校里锻炼、学习。在恶霸地主胡汉三封山的特殊时期,"筹盐与运盐"成为潘冬子正式接受的第一个任务,而他用棉衣浸泡盐水的方式巧妙通过敌人关卡,完成了送盐上山的任务,显示出他的勇敢机智。后来冬子又接到新的革命任务,以茂源米店小伙计的身份收集情报,并与米店进行抗争,成为故事高潮的一部分,最终他截获重要军事情报,并派椿伢子将其送出去,然后把米店"今日无米"的牌子改成"今日售米",又打破了米店囤积居奇的阴谋。胡汉三对冬子产生了怀疑,对他进行拷问,虽然冬子年纪还小,但却镇定自若地应对了胡汉三的层层盘问,并最终勇敢地消灭了恶霸地主胡汉三,出色地完成了党交给他的战斗任务。最后,吴大叔将五角星戴到冬子的帽子上,证明他已经成长为一名合格的红军战士,从此加入红军队伍,继续参加革命斗争。

影片中,主人公潘冬子始终抱着对党、对红军的坚定信念和伟大理想,勇敢机智、不屈不挠,战胜一个个困难,终于成长为一名合格的红军战士。影片以清晰的线性叙事描述了冬子的成长过程,同时将革命现实主义的真实故事和历史现实,与革命浪漫主义的理想精神和革命精神相结合,让观众看到了冬子在信念和理想的驱动下不断奋斗、成长的历程,并深受感染与鼓舞,从而使影片产生了巨大的艺术魅力。电影中始终闪耀的那颗红星,无疑是党的象征,一直指引着潘冬子的思想发展方向。虽然冬子年龄还小,但他在党组织和革命群众的关怀教育下，在阶级斗争的风雨中始终抱有对领袖、党及革命军队坚定的信念和伟大理想，勇敢机智地同老区人民一起对抗阶级敌人——这是影片的独特之处；冬子的思想和行为不仅成为当时青少年学习的榜样，而且直到今天，依然是教育和引导青少年爱国的经典人物素材——这也是影片的价值所在。影片还生动地讲述了革命群众对党的热爱，描写了他们坚定拥护党的领导、积极参加革命的斗争生活，尤其是在老一辈红军战士的坚定信念和革命理想的熏陶下，革命后代潘冬子不断克服各种困难，锻炼成为真正的无产阶级革命事业接班人的过程。除潘冬子之外，吴大叔、父亲、母亲、椿伢子、宋大爹等正面形象和胡汉三等反动人物同样也塑造得十分成功。吴大叔和父亲、母亲在电影中不仅是红军形象的代表，同时也指引冬子灵魂的升华，宋大爹则是冬子及革命群众的导师，椿伢子是冬子的革命伙伴，他们坚定不移地与胡汉三为代表的反革命斗争到底，影片通过这些人物之间所发生的故事，体现了各个人物的思想和精神，并通过这些人物烘托出潘冬子的理想和精神，呈现出电影的思想主题。

《闪闪的红星》既是一部国庆献礼影片，也是一部深受人民群众喜爱的影片，看过这部电影的人无不交口称赞，作为革命后代的潘冬子形象在全国更是广为流传，他那清澈的大眼睛和胖乎乎的脸蛋深入人心，深受广大群众的喜欢，就连宋庆龄也非常喜欢小冬子，并邀请扮演潘冬子的祝新运到她家中做客。当时社会各行业的父母均以冬子为模范教育下一代，潘冬子成为那个特殊年代少年儿童的榜样。而影片之所以并没有随历史的发展而从我们的记忆中消失，其鲜明的革命意识形态色彩、强大的感染力、巨大的号召力和广泛的群众性，应该是根本的原因，并因此成为至今仍为人们所称道的新中国优秀儿童影片之一。1980 年该片获得第二届“全国少年儿童文艺创作奖”二等奖，中宣部更是将《闪闪的红星》列为“百部爱国影片”，作为教育青少年一代的经典教材。1982 年 3 月 4 日《文学报》在《我国优秀文学作品走向世界》中报道，小说《闪闪的红星》有英、法、德、日、罗等十多种版本，足见其在国外受欢迎的程度。1991 年 2 月，小说《闪闪的红星》被列入“红领巾书架”系列图书得以再版。依据小说改编的动画片和电视剧分别于 2007 年 10 月 25 日及 2008 年 6 月 1 日播出，均获得成功。此外还有各种版本的舞剧演出等等。随电影一起广为流传的还有李双江独唱的主题曲《红星照我去战斗》及邓玉华独唱的插曲《映山红》，它们都是电影不可缺少的一部分，既深化了电影的主旨，也传达了人民的斗争精神，两首歌曲的经典旋律被一代代人们传唱，每

电影宣传海报

当歌声响起，那温暖和动人的旋律都会滋养和激励着人们，以更大的信心和力量奋勇前行。整部电影就像一团炙热的火焰，温暖并照亮着黑暗与光明相交织时代的人们，并一直影响着今天的我们。它带给我们的不仅仅是革命时代的红色记忆，更是革命精神的延续，它所展现的是在艰苦的环境中仍然抱着坚定信念和伟大理想不断追求真理的人们，通过自己不断的艰苦努力，最终取得胜利的奋斗历程，这种奋斗历程也正是后代人们所要学习的，电影《闪闪的红星》经久不衰的艺术魅力也正在于此。

《天安门诗抄》

文学类型：诗歌

作者：北京市第二外国语学院汉语教研室“童怀周”小组编

出版社：人民文学出版社

出版时间：1978年12月

主题精神：歌颂人民群众团结正义，控诉批判“文化大革命”和“四人帮”，宣传真理伸张正义，渴望新时代的到来

记忆因子：人民群众抒写革命诗词沉痛悼念周总理，声讨“四人帮”，现实主义重新回归诗歌领域，宣传真理伸张正义

关键词：天安门诗歌运动，人民群众，现实主义，真理，正义

1976年1月8日，深受全国人民爱戴、为民族革命和国家建设操劳一生的周恩来总理在北京病逝。噩耗传来，全国人民深感沉痛和震惊。然而就在这举国悲痛之际，“四人帮”却公开与人民为敌、倒行逆施，禁止并阻挠人民群众以任何方式对周总理进行悼念。除了压制人民群众举行悼念活动之外，他们还肆无忌惮地散布谣言，继续对周总理进行诬陷和侮辱。他们控制了新闻、广播等舆论工具，人民群众丧失了言论自由。上海的《文汇报》于1976年3月5日删除了周总理关于学习雷锋的题词，同月25日刊出《走资派还在走，我们就要同他斗》一文，直接影射诬蔑周总理为走资派，而这些行径都将“四人帮”夺权篡位的狼子野心昭告天下。在亲眼目睹和经历了“四人帮”对国家民族所犯下的罪行及对周总理的迫害之后，人民群众心底的愤怒和正义感被彻底唤醒，他们不再选择“沉默”而是选择为真理和正义发出自己的声音。周总理逝世后的几个月里，全国范围内爆发了悼念周总理和粉碎“四人帮”的多起群众性运动。3 月底，南京首先出现了悼念周总理、打倒“四人帮”的大幅标语，紧接着郑州、福州、西安、太原等地的人民也纷纷效仿，冲破重重阻碍开展悼念周总理的活动。

回顾中国革命历史，北京和天安门广场在中国人心中都有着举足轻重的神圣地位：“五四”运动的烈火在这里燃烧，“一二·九”运动的狂潮从这里掀起，新中国在这里诞生……受全国各地悼念活动的影响，首都人民群众终于在天安门前举行了最大规模、最有力量的悼念活动。1976 年 4 月 5 日前后，来自全国各地的数百万普通群众聚集到天安门广场，他们将自己创作的成千上万的悼念周总理的革命诗词、对联张贴摆放在天安门广场和人民英雄纪念碑前的灯柱、护栏上，其中像“碧血丹心为国酬，一世功名贯九州。若非深得人民爱，那有百姓泪横流”等诗句，不仅完整地歌颂了周总理一生的丰功伟绩，深切地表达了人民群众对总理离去的悼念和不舍，同时也揭露控诉了“四人帮”对全国人民犯下的滔天罪行。一时间天安门成为诗歌的海洋、花圈的海洋、悲愤的海洋。这就是历史上震惊中外的天安门诗歌运动，它是人民群众对“四人帮”下的战书，同时也敲响了“四人帮”覆灭的丧钟，中华儿女以大无畏的革命精神为了伸张正义宣扬真理向恶势力宣战。

天安门诗歌运动在粉碎“四人帮”和结束十年动乱的过程中起到了至关重要的作用。运动中的诗歌由于内容直白意义深刻且方便记忆而被人民群众广泛抄写传播。这场运动带来的影响是“四人帮”集团始料未及的，人民群众的这种不卑不亢的愤怒极大地震慑了“四人帮”，造成了反革命集团的恐慌。1976 年 4 月 8 日《人民日报》在“四人帮”的操控下，发表了《天安门广场的反革命政治事件》的社论，正式将天安门诗歌运动定性为“反革命事件”，悼念现场张贴、传抄的诗词、对联等也被“四人帮”诬陷成为“反动诗词”并被查禁和销毁。社论发表后的几个月里，写作、传抄甚至是保存这些诗词的人都受到了“四人帮”不同程度的迫害，严重的甚至被定罪判刑。但是，尽管“四人帮”采取了极为卑劣和残忍的手段企图销毁天安门诗歌运动带来的影响，部分人民群众还是冒着生命危险利用自己智慧把它们藏在蜡烛里、壁炉中、花盆内、土地下……最终使这部分诗词得以保存。1976 年 10 月，“四人帮”被依法逮捕，持续了十年的“文化大革命”宣告结束。

“四人帮”灭亡，天安门诗歌运动中被诬蔑为反革命的诗歌重见天日。1977 年 1 月 8 日，有人以“童怀周”为笔名油印了《天安门革命诗抄》，并将其张贴在天安门广场。诗抄一经问世就震惊了世界。“童怀周”并不是一个人名，而是取“共同怀念周总理”的谐义，作者系北京第二外国语学院汉语教研室的 16 名教师。《天安门革命诗抄》的张贴就像是对“四人帮”灭亡的庆祝，因此受到了广大人民群众的喜爱和支持，引起了社会各界的强烈反响，这 16 名教师趁热打铁又以北京第二外国语学院汉语教研室“童怀周”小组的名义面向社会征集天安门诗歌运动中保存下来的诗歌，并选择了其中的 1500 多首编成了《天安门革命诗抄》、《天安门革命诗文选》、《天安门诗词一百首》、《天安门诗词三百首》、《天安门运动画册》等书。《天安门革命诗抄》在民间出版发行后，除了引发社会关注及反响外，还受到了时任人民文学出版社鲁迅著作编辑室主任王仰晨先生的关注。王老后来在回忆中说他是在老朋友张炜那里得到《天安门革命诗抄》的，拿到以后便说：“这是人民的心声，时代的呐喊，应该让它永世流传。”而后当他得知十六名编者即“童怀周”缺乏编辑经验时，就主动想作为一个专业编辑提供帮助。当时天安门诗歌运动并未被平反，而且“童怀周”小组中一名成员刚刚被捕，但就在这样不利的形势下，王仰晨还是顶住压力向“童怀周”小组毛遂自荐，要求参加编辑《诗抄》的工作，令“童怀周”小组每位成员感动不已。当时王仰晨正负责新版《鲁迅全集》的编辑工作，同时还要兼顾《诗抄》的整理出版，任务和挑战都很艰巨，但从《诗抄》的选稿、版式设计绘画到装帧工作，他都亲力亲为，丝毫未掉以轻心。据“童怀周”小组成员回忆，王仰晨先生当时身体健康状况并不理想，再加上连续高强度的工作，使得他经常面色惨白，眼睛布满血丝。经过一年多时间的筹备，1978 年 12 月人民文学出版社以“童怀周”的名义出版了《天安门诗抄》，面向海内外发行了二百多万册。书名由当时任中共中央主席的华国锋题写，天安门诗歌正式从“反革命诗词”过渡为“革命诗词”。

严格说来，天安门诗歌运动并不是一场纯粹的文学运动，其中政治因素有着很大的影响，因此在评价其结集的《天安门诗抄》的文学价值时，必须充分考虑它的政治背景和属性，但毫无疑问，它的内涵是深刻而丰富的，艺术形式上也形成了自己独特的风格特点。《天安门诗抄》从众多的天安门诗歌中收录了六百多首，按照文学体裁分为三辑：第一辑收录古体诗、词、曲、挽联等，第二辑收新体诗，第三辑收录悼词、誓词、散文诗、祭文等。这些诗歌绝大部分语言直白、通俗易懂又不失其生动性和准确性，可以说在内容与艺术方面同样臻于完美，为其后中国的文艺解放运动奠定了基础，同时这也是迄今为止我们所能看到的最详细完整的收录天安门诗歌的著作。

《天安门诗抄》是中国普通人民群众集体智慧的结晶，凝聚着百万人民的集体创作行为和他们的真挚情感、丰富的想象力。它不是作家坐在书房里挖空心思绞尽脑汁凭空想象所得，它产生于人民群众与“四人帮”反动派的斗争实践中，清晰地彰显了中国人民相信真理、伸张正义的品质和不畏强暴顽强斗争的精神。《天安门诗抄》向世人发出了不同年龄段、不同阶级人民群众的声音，其中许多经典名篇名句，始终都被人们传颂着，如：“浩气山河壮，丹心百卉开。一声周总理，双泪落满襟。”“狂妖恶魔全杀尽，胜利红旗全球扬。”“欲悲闻鬼叫，我哭豺狼笑。洒泪祭雄杰，扬眉剑出鞘。”这其中，既有少年儿童般纯真质朴的声音，又有青年人愤怒的呐喊声，还有老一辈革命者的怒吼声。每一首诗、每一种声音代表的都不是“个人”，而是“人民”，千言万语表达的都是人民群众对正义和真理的呼唤呐喊，这种呐喊使“四人帮”感到畏惧。正如“童怀周”在书中前言中所说的，“革命群众看了愈益斗志昂扬，敌人看了则是心惊肉跳，坐立不安，它们真正起到了‘团结人民，打击敌人，消灭敌人’的巨大作用”。

《天安门诗抄》出版和发行以后引起海内外的强烈反响。中央电视台为此专门为“童怀周”小组拍了题为《敢傲严寒绽春蕾》的电视片，中央新闻纪录电影制片厂也为“童怀周”小组拍摄了新闻片。日本各通讯社、各大报社的记者团，联邦德国的作家，都对“童怀周”小组进行了采访。1979 年 4 月 5 日，《人民日报》在天安门诗歌运动三周年发表了《发扬天安门的革命精神》社论：“四五运动是广泛的民主运动。在‘四人帮’的高压下，群众没有议政的自由，就用花圈、诗词、警言来表达；没有倾诉的地方，就汇集在悼念周总理的场所；没有谁去组织，却是那样井井有条；没有统一的口径，却是那样的异口同声。人们正是在这样的地方，用这种特殊的斗争方式，行使民主权利，宣传理，伸张正义，打击敌人，真是扬眉吐气啊！”①20 世纪 80 年代，天安门诗歌运动和《天安门诗抄》开始逐渐进入中国文学史的叙述和教材的编写之中，如郭志刚等编写并由人民文学出版社出版的《中国当代文学史稿》、二十二所院校联合编写成的《中国当代文学史》、由社科院文学所朱寨主编的《中国当代文学思潮史》、洪子诚著的《中国当代文学史》、孔范今主编的《二十世纪中国文学史》等，都关

① 社论.发扬天安门的革命精神[N].人民日报，1979－4－5(1).

注到了天安门诗歌的文学史和诗歌史的价值。

天安门诗歌运动是中国当代一个非常历史时期的特殊文学现象，不仅具有突出的文学价值，还具有重要的史学意义。在中国当代文学史上，天安门诗歌运动历来被视为一个重要的节点，因为它不仅标志着中国诗歌现实主义的复归，同时还拉开了新时期文学复苏的序幕。天安门诗歌道出了人民的心声，这是真正属于人民的诗歌，贴近生活、贴近人民群众为大众发声的文学创作，它一举废除了“文革”十年期间文艺创作“假大空”的恶习，恢复了说真话的现实主义传统。天安门诗歌将批判的矛头直接指向“四人帮”，在“四人帮”覆灭的过程中起到了关键性作用。“四人帮”被粉碎以后，整个中国结束了十年“文革”的动荡，开始迈向崭新的时代，因此天安门诗歌运动被认为是中国文学发展的转折点。陈思和先生认为新时期文学作家由来自 50 年代与 70 年代末的两种构成，而新时期文学的来源，则是话剧《于无声处》、《重放的鲜花》与天安门广场上的民间诗歌——《天安门诗抄》。所以说无论在中国历史或者中国文学史上，天安门诗歌运动都是一个伟大的创举。

匈牙利诗人裴多菲曾经说过：“假如人民在诗歌当中起着统治的作用，那么人民在政治方面取得统治的日子也就更加靠近了。”天安门诗歌运动爆发和《天安门诗抄》出版发行已经过去了近四十年。四十年的时间不能算短，中国在这四十年间也发生了翻天覆地的变化，国家日益强大，人民生活水平显著提高，文学创作和文学发展也是百家争鸣、百花齐放。时间可以流逝，但历史记忆却不可以流失，我们在享受当下美好生活的时候不应该忘却这一段历史。天安门诗歌运动和《天安门诗抄》是中国人民的财富和骄傲，更是中国人民不屈不挠、团结一致、捍卫真理、伸张正义的真实写照。

目　次

第一辑

—1—

《天安门诗抄》目录首页

《第二次握手》

文学类型:地下文学

作者:张扬(1944—)

发表刊物:手抄本形式传阅,中国青年出版社出版

发表时间:1979 年 7 月

主题精神:对知识分子的爱国情感的歌颂,对周总理等伟人的缅怀

记忆因子:知识分子的爱国情感,全身心投入科研,为祖国的繁荣富强而献身

关键词:知识分子,科研,爱情,祖国

张扬的小说《第二次握手》于 1963 年完成初稿,此后经过了多次的重写,曾用名《浪花》、《香山叶正红》、《归来》等,直到 1979 年 7 月才由中国青年出版社正式出版。这部小说曾以手抄本形式广为流传,成为“文革”时期“地下文学”的重要组成部分。所谓“地下文学”,又称“潜在写作”,是指在“文革”政治高压,社会创作环境险恶的条件下,不能公开发表和发行,只能通过非公开渠道以手抄、油印等手段传播的文学作品。其创作主体多是上山下乡的知识青年。“地下文学”完全是由群众自发创作的,真诚的创作态度、独立的思考、多元的艺术探索等是其主要特征。代表作除《第二次握手》外,以食指、芒克、根子、多多等为代表的“白洋淀诗群”也是“地

下文学”的重要组成部分。这一特殊时期里“地下文学”的存在，显示了主流文学的贫血和无力，同时也改善了人民群众当时严重的精神饥渴状态，并成为对主流“地上”文学缺失的“五四”文学传统的继承与延续。小说《第二次握手》在当时能够被广泛传阅，出版后销量四百多万册，其重要的原因就是它采用的通俗手法，表现和赞扬了知识分子在科学技术方面的重要作用，及其投身科研，为国家的强盛和繁荣而献身的伟大爱国主义精神。

不仅如此，小说借助伟人的感召力和爱国知识分子的人格力量，推动了“文革”及新时期爱国精神的强化和普及，对共和国新社会价值观的构建起到引领作用，引导了人民对未来崭新国家的美好想象。小说表现了知识分子的曲折动人的爱情故事，突破了知识分子题材和人的内心情感世界的双重禁区，这种题材上的突破无疑是对中断了的表现知识分子文学传统的一次接续。相对于“文革”时期大多数文学作品对知识分子正面表现的缺失及主张用工农兵思想对知识分子进行改造，小说对知识分子的赞美显得与众不同。尤其是小说对知识分子事业及坎坷爱情故事的表现，使得这部情感色彩浓郁的作品对于当时精神世界近乎荒漠的读者来说，无疑是一场饕餮盛宴。就小说产生背景而言，《第二次握手》可谓生逢其时，“文革”的特殊时期，虽然局限了它的流传方式，却也扩大了它的文学影响，提升了它的文学史地位，成为“潜在写作”中的重要代表作品，中国当代文学史叙述中不可忽视的经典。

如小说在扉页中引用恩格斯的话所揭示出的：“人与人

之间的,特别是两性之间的感情关系,是自从有人类以来就存在的。"这是一部描写老一代科学家的事业、生活和爱情的小说。小说中,男女主人公的爱情萌芽于一次"英雄救美":丁洁琼在一次游泳中遇险,被苏冠兰冒着生命危险救起。短暂分别之后,两人又奇迹般地在火车上相遇,从此保持通信。两人在各自的大学生活中互相鼓励、扶持,不仅取得了优异的成绩,更使心意彼此相通……然而就在苏冠兰、丁洁琼相约见面,以慰相思之苦之时,俩人的情感却被苏冠兰的父亲、大学阀苏凤麟得知,苏凤麟早在几年前就做主让苏冠兰娶自己同乡叶楚波的女儿叶玉函为妻,所以苏冠兰与丁洁琼的相恋在苏父眼中是绝对的忤逆长辈之举,于是他从中极力作梗,"阻击"了苏、丁二人的见面,并施展手段将丁洁琼送至美国,让苏冠兰毕业之后留校任教……从此相爱的两个人长达三十多年分居于大西洋两侧。所幸知识分子的坚韧品格让他们能够化相思为力量,将精力和情感用在各自的研究和工作中。丁洁琼在美国学习核物理科学,取得骄人成果,在美国科学大会上,她公开质疑已被学界公认的"席氏结构",提出了自己多年的研究成果"丁氏结构",因此蜚声海外,跻身美国一流学者之列。相比于丁洁琼的灯光璀璨,苏冠兰的人生虽安静平淡,但却更加踏实厚重,他努力逃离父亲的控制,辗转于国内大学任教,在遍及大半个中国的旅程中,在目睹了战争给人民带来的深重苦难、国民党政府的腐败无能之后,转而利用自己化学专业教师之便,掩护党的战士和物资,并配置急需的药品挽救革命志士。虽然身处不同的国度,两个人的人生道路虽然迥异,但深深的爱国情感却是相同的:

丁洁琼虽身处美国，但更多时候还是想回到自己的祖国，用自己的所学为祖国的繁荣富强贡献自己的力量，同时找回自己的爱情；苏冠兰更是在漫长的人生历程中发现了中国共产党无与伦比的先进性，树立了“只有共产党才能建立新中国”的强大信念。本来与这信念相伴的还有他对自己爱情的忠贞，然而造化弄人，父亲的逝世与临终时的遗愿，名定之妻叶玉函对自己二十多年始终不渝的等待和舍命相救的情谊，加之丁洁琼的杳无音讯及盛传她已与美国物理学家奥姆霍斯完婚的谣言四起，种种因素终于使苏冠兰答应了叶玉函的婚礼，并开始一心一意地经营自己的家庭，投入自己的科研事业。然而就在祖国蒸蒸日上，自己家庭和谐美满的当口，丁洁琼在美国友人奥姆霍斯的协助下与中国大使馆取得了联系，在周恩来总理的直接帮助下，得以回到伟大祖国的怀抱。归国之后的丁洁琼心情是激动而充满期待的，她不仅感受到社会主义中国欣欣向荣的新气象，感激祖国对自己的关怀和照顾，更使她有机会再次与自己魂牵梦萦的爱人相见！在一次外出中，她偶遇了刚结束国外考察归国的苏冠兰，就在她激动得不能自制地去苏家找寻自己的爱人时，她竟然发现自己念念不忘的爱人早已经有了妻子和孩子。坚守了三十多年的爱情终于没有美满的结果，心灰意冷的丁洁琼决定远赴边疆，支援祖国的核物理事业。在丁洁琼要离去的机场，小说开始了激动人心、波澜壮阔的结尾：真诚的苏冠兰夫妇、丁洁琼曾经的大学老师——周恩来总理，这位为共和国事业操劳一生、鞠躬尽瘁的伟人，从百忙中抽出时间，亲自出面挽留去意已决的丁洁琼。最终使丁洁琼选择了“留在北京，留在毛主席身边”，将自己对祖国、对爱人的情感全部倾注到科研事业，攀登更光辉的科学顶峰，为祖国国防和现代化工业的发展贡献自己的力量！

《第二次握手》这部小说之所以在当时以手抄本的形式被广泛传阅，首先在于它独特的知识分子题材。这部作品出现于“文革”时期，凸显知识分子对祖国的爱国情感和对祖国科研、国防事业的巨大贡献，不仅是为知识分子正名，更是对“五四”以来知识分子书写传统的接续。在知识分子被打倒、批判的年代，知识分子形象能在“地下文学”《第二次握手》中成为主体，对知识分子身份的认同意味着“五四”启蒙主义精神的复活。知识分子题材的书写和科学家形象的塑造，标志着中国人百年来期待的科学救国梦的实现。小说热情地歌颂了党的无数仁人志士为了建立新中国而抛头颅、洒热血的伟大情怀，歌颂了敬爱的周总理对党的事业和祖国好儿女的殷切关怀，并借丁洁琼在美国的遭遇，用震惊世界的科学成就和失去自由的“文化营”监禁生活形成强烈对比，揭露了资本主义制度下虚假民主的嘴脸。从这部小说中，读者可以强烈地感受到一代知识分子在战火狼烟中曲折的爱情、惨痛的经历，但无论多苦多难，不变的是他们内心对祖国深沉的爱意，以及对科研事业不变的忠贞。当个人情感与民族大义相抵触时，他们会毫不犹豫地选择舍小我，顾大我，所以才有了无数为共和国事业前赴后继的无名英雄，才有了无数舍弃自我情感为祖国科研奉献一生的苏冠兰、丁洁琼、叶玉函一样的爱国知识分子。作者以细致的笔触，用三十多年跨度的时间和横渡大西洋的空间来描述了一段没有完美结局但却同样动人的爱情故事，在这个爱情故事中，知识分子阶层中的深沉曲折的生活经历被刻画出来，战争、爱情、科学、伟人、党派、国际等诸多元素被包含进以苏冠兰、丁洁琼、叶玉函为代表的知识分子的生活中。有了这样的典型环境，再用三十年的生活，漫长复杂的情节设置，反映了苏、丁、叶等爱国科学家的人生和情感经历，以及他们共同拥有的优秀品质：坚贞的爱国情怀，对爱情的始终不渝，对朋友、师长的真诚和尊敬，对伟人的热爱和敬仰，对科研事业的刻苦钻研等，成为一个时代的文学书写与精神记忆。

与小说激动人心的情节相一致，《第二次握手》的成书过程也是曲折复杂的。最初作者张扬是以舅舅为原型写了篇一万多字的短篇小说《浪花》，后来 1965 年 9 月张扬到浏阳县（今浏阳市）大围山区的中岳公社南岳大队中塘生产队插队时，利用闲暇时间把小说《浪花》改写成了 10 万字的《香山叶正红》，着力描写了周恩来总理对我国科学家的真情呵护。改写后他拿给几位好友看，在大家的提议下又进行多次修改，最终完成了 20 多万字的长篇小说《归来》，以手抄本形式开始在全国各地流传，后来北京一位修理工将其命名为《第二次握手》。1979 年的春天，张扬在北京一边住院治疗，一边带病修改《归来》的手稿，连续工作 50 余天，将原不到 21 万字的手稿，改写成 28 万字的修订稿。小说正式出版后获得了空前的欢迎，其 430 万册的总印数至今仍高居新时期当代长篇小说发行量之首。2006 年，再经 3 年创作之后，张扬将小说增加至 65 万字，有名有姓的人物增加了几十个，出版了《第二次握手》的修订版。不仅如此，这部小说当年还被浙江话剧团改编成同名七幕话剧，于 1979 年 5 月 16 日晚在杭州首次上演。1980 年，由董克娜导演执导，由谢芳、康泰、袁枚等主演的同名电影在大陆上映，风靡一时。

在这些光鲜亮丽背后，这部小说连同小说的作者却都曾因为这部小说独特的产生背景而受到了不公正的待遇。作品因为描写了爱情和歌颂了周恩来，被“四人帮”划入坏书之列，不仅作品遭到查禁，姚文元等还下令抓捕作者张扬。1975 年元月，张扬被戴上手铐关进曾关押过杨开慧烈士的长沙鹿洞里监狱，并被内定了死刑。他的母亲、舅舅和姨妈同时被打成了“教唆犯”挨批斗，全国各地凡阅读和传抄过《第二次握手》的人，几乎也都被公安机关传讯、搜查，有的还遭到了拘留。直到 1978 年 7 月全国广泛开展“真理标准”大讨论后，湖南省政法领导小组会同省文联对《第二次握手》进行研究鉴定，肯定这是一部好书而不是毒草，要求给予青年作者张扬保护和培养。1979 年元月 7 日，《中国青年报》以《〈归来〉是本好小说，作者张扬应予平反释放出狱》为题，报道了张扬及其作品横遭污蔑摧残的情况，这一情况得到了时任中共中央政治局委员胡耀邦的重视，在他的直接帮助下，1979 年元月 18 日，33 岁的张扬才终获释放。

张扬的这部小说在“文革”时期流传很广，影响很大，正式出版之后也受到读者的青睐，销量很大。这部小说在思想和艺术上的价值，除了上述所强调的文中对知识分子的曲折爱情的描写，对知识分子为了祖国的国防和科研事业奉献终身的强烈的爱国情感和对共和国正确爱国价值观的构建之功之外，还表达了在当时文学创作被严格限制的情况下，个人情感（不仅是知识分子的情感）被有意识的无视。《第二次握手》采取了个人化的写作立场，重新发现了人的情感所蕴含的巨大感人力量，找回了每一个知识分子最重要的人文主义传统。这不仅承接了中国现代文学以来的文学传统，而且是对“文革”之后的当代文学创作，如伤痕小说、反思小说、改革小说等，也具有很深的启示意义。

作品 1979 年版封面

创新奋进的 1980 年代

《乔厂长上任记》

文学类型:小说

作者:蒋子龙(1958—　)

发表刊物:《人民文学》

发表时间:1979 年 7 月 30 日

主题精神:勇于担当奉献,勤于开拓进取

记忆因子:共产党人的价值与理想,改革的梦想与渴望,开拓者的奉献与执着

关键词:乔光朴,乔厂长,开拓者,改革

从某种意义上说,创新奋进的 1980 年代是一种泛指,即它的起点并不是严格准确的 1980 年,而是自 1970 年代末就已经开始了,这是因为 1978 年 12 月,中国共产党的十一届三中全会做出把全党工作重点转移到社会主义现代化建设上来的战略决策,标志着中国步入集中进行经济建设和经济体制改革的新时期。作家感应时代的律动,以文学的方式表达一个民族对于现代的渴望与梦想,改革文学潮流应运而生。蒋子龙的《乔厂长上任记》开改革小说创作的先河,在改革与否、改革的方向都尚未明确的七十年代末、八十年代初,这篇作品更像是号角,吹响了中国人渴望变革的心声与现代化的梦想。作品一经发表便受到了读者、批评家的一致性认可,在 1979 年的全国优秀短篇小说评选中获得了最高票数。之后,作品又被改编成电视剧、连环画等艺术形式,传播范围更广影响力更大,“乔厂长”成为改革的代名词,蒋子龙也被视为改革文学的代表性人物,甚至每天都能收到许多来信,咨询改革问题,甚至会有人上门请他去自己工厂指导改革。时代需要英雄,现代化建设需要开拓者,乔厂长在现实生活中所引起的轰动,充分说明了这样的人物是有强大的生命力的。

《乔厂长上任记》突破了工业题材文学阶级斗争模式的局限,重新建构起以人为核心的工厂文学图景,恢复了工业题材文学的广阔审美视域。在《乔厂长上任记》的引领下,八十年代初出现了一批反映社会现实、指向变革的小说,如张锲的《改革者》、张洁的《沉重的翅膀》、水运宪的《祸起萧墙》、柯云路的《三千万》等等,由此形成了蔚为壮观、影响深远的改革小说潮流。这些作品存在明显的共性特征,一是表达了对改革渴望的同时也揭示了社会进步所面对的重重阻碍;二是塑造了一个或几个甘于担当乐于奉献、有见识有能力的开拓者形象,形成了“开拓者”阵营。改革文学引发的追捧,不仅得益于这一叙事迎合了大众对变革的渴望,更主要的是因为乔光朴这样的形象满足了他们的审美与现实的双重期待。乔光朴身上的牺牲精神、奉献精神,以及开拓能力,使他成为极具魅力的人物,成为新时期文学中光彩照人的形象,激励并鼓舞着转型时代奋进的中国人。

作品开篇,蒋子龙就怀着欣赏的目光“打量”乔光朴的外貌:“这是一张有着矿石般颜色和猎人般粗犷特征的脸;石岸般突出的眉弓，饿虎般深藏的双眼；颧骨略高的双颊，肌厚肉重的润脸；这一切简直就是力量的化身。”而乔光朴则用充满力量的实际行动来“回报”蒋子龙对他的“厚爱”，一出场就做出了让所有人大吃一惊的决定，身为电气公司经理的他主动要求去电机厂当厂长。电气公司经理的职位既省心又舒适，“权力不小，责任不大，待遇不低，费心血不多”，在一般人眼里这是一个“美缺”；反观电机厂，却是一个连年亏损的烂摊子，因此无论从哪个角度来权衡，按照人的趋利避害的本性来说，乔光朴都应该选择稳稳当当地留在经理的岗位上，而不应该冒风险去“趟浑水”。但是，乔光朴却选择了一条艰难的道路，这一方面是共产党员以天下为己任的使命感责任感使然，连年亏损侵蚀着国家利益，这是乔光朴无法视而不见的；另一方面也是知识分子“入世”传统的体现。乔光朴出山绝不是一时的冲动，或想出风头、充英雄，他认为，作为一个共产党员和革命老干部，应该有这样的政治觉悟，正如他所说：“四化的目标中央已经确立，道路也打开了，现在就需要有人带着队伍冲上去。”动乱年代乔光朴也曾被打成“走资派”，即使刚刚复出，一旦民族国家需要他依然义无反顾，这就是典型的中国知识分子具有“虽九死其犹未悔”的精神姿态。同时，去收拾电机厂烂摊子的决定，也能体现出乔光朴对自己的强烈自信，作为厂长他曾经把电机厂经营得有声有色，即使时代变了，他的见识与能力依然可以保证他能收拾好这个烂摊子，于是他在局党委扩大会上立“军令状”，既显示了信心，也表达了决心。

乔光朴不仅是把党和人民的利益放在第一位、看轻个人的利益得失的好干部，而且还是有着特殊魄力与才干的能干部，这也是他作为一个改革者具有鲜明时代特色的地方。上任后的乔厂长并没有马上大刀阔斧地厉行改革，也不是坐在办公室里发号施令，而是深入工厂基层去调查研究，“他整天在下边转，你要找也找不到；你不找他，他也许突然在你眼前冒了出来。按照生产流程一道工序一道工序地摸，正着摸完，倒着摸”。他试图彻底搞清楚电机厂存在的问题，以期对症下药。改革者既然要有宏观的视野，又要有对具体问题的关注，缺少了宏观把握，改革就变成了小打小闹的局部修修补补，缺少对具体情况的认知，则会使改革政策高蹈化而无法推行实施，所以改革者既要有雄心壮志、有理想，同时还必须要有脚踏实地的工作作风，从这个角度来看，乔光朴无疑是领导改革的合适人选。而正是因为对电机厂的现状有了清晰的认识，乔光朴所做出的一系列决策，才都有着明确的针对性，也获得了预期的效果。

人在生产力中是起主导作用的因素，人的素质与生产积极性的高低，直接决定了生产力的发展水平。所以改革不仅要解决体制问题，更应该促动人的思维观念与精神面貌的更新。从小说中“鬼怪式”操作工杜兵的消极工作态度上，我们能够看到电机厂经营困窘的一个方面的原因，所以乔光朴把电机厂的改革突破口放在了淘汰冗员、精炼队伍、激发生产积极性上。喜欢做主角的乔厂长，不鸣则已，一鸣惊人，他把九千多名职工一下子推上了大考核、大评议的比赛场，通过考核评议，不合格的工人和干部，统统成了编余人员，精简后剩下的都是精兵强将。在乔光朴的这一人事举措下，“群众中那种懒洋洋、好坏不分的松松垮垮的劲儿，一下子变成了有对比、有竞争的热烈紧张气氛”，劳动生产效率有明显的提高，电机厂由此走上扭亏为盈的道路。与对人的注重相应的，是乔光朴具有现代理念的人才观，“技术上不出尖子不行，产品不搞出名牌货不行！”现代化的竞争本质上是人才的竞争，人才技术优势是产品质量的关键，也是在竞争中赢得一席之地、确立市场地位的根本。对科技人才的发掘、培养与尊重，体现了乔光朴的战略眼光，这个改革者已经超越“人海战术”、“人有多大胆、地有多高产”的迷狂，而具备了现代化的开阔视野，他瞩目的不是当下，而是未来。

社会的转型时期，个人私欲与旧有体制纠缠在一起，就会形成一种阻碍社会进步的势力与风气。作为开拓者，乔光朴在这种阻力面前，显现出了敢于斗争到底的勇气。冀申别有用心地要发动生产的“大会战”，试图给乔光朴来个下马威，乔光朴对于这种不考虑是否具备条件的，也不顾及后果的，盲目搞的拼设备、拼人力而生产出不合格产品的会战极其反感，在上任后第一次党委会上就不点名地批评了冀申。尽管他知道冀申是有后台、有背景的人物，但是在国家利益面前，他还是选择了坚持正义。为了保护什么而任错误倾向枉为，那不是乔光朴的性格，所以对于人际关系复杂的冀申，乔光朴不仅没有纵容，反而把他与那些不合格的干部职工一起下放到服务大队，以示改革的决心。另外，转型期在干部任免上往往存在任人唯亲的问题，所以当乔光朴重新回到电机厂当厂长，一些过去曾经共事的中层干部觉得这是个有利可图的机会，期望乔光朴会看在共事的情分上照顾提拔自已，然而事实表明，裙带关系的路子在乔光朴这里是走不通的，即使是曾经的老部下，也要接受全厂范围内的大考核。乔厂长任用干部的原则是唯能力论，即使是像郗望北这样"文革"中犯过错误的人，乔光朴着眼未来并从工厂的生产需要出发，还是会对真心检讨过的郗望北委以重任，不仅私人恩怨可以放下，而且舆论压力也可以置之不理，一个改革者的果敢由此体现出来。

改革发展并不以本身为目的，而是要给劳动者带来物质满足与精神愉悦，最终促成整个社会的繁荣与和谐，这也是共产党的宗旨所在。乔光朴在工厂管理与企业发展上的目光永远是向上的，但他在解决工人生活问题与福利待遇上的目光一直是向下的，关心职工的冷暖，使充满改革魄力的乔光朴更富有了人情味。他考虑职工子女入园问题，扩建了幼儿园；他为解决职工住房困难，决定增建宿舍大楼。同时他从来就是言必信行必果，"他说一不二，敢拍板也敢负责，许了愿必还"。因此职工对乔光朴有了发自心底的认同感，"工人们觉得乔光朴那双很有神采的眼睛里装满了经验，现在已经习惯于服从他，甚至他一开口就服从"。一方面，乔厂长的改革政策是符合工人对变革的渴望与梦想的，迎合了他们对利益最大化的需要；一方面他们通过乔厂长的言行看到了希望，看到了未来生活的保障。

当然，但凡改革必然要触及一些人尤其是既得利益者的利益，从而遭遇他们的阻挠与反对。"凡是那些技术上有一套，生产上肯卖劲，总之是正儿八经的工人，都说乔光朴是再好没有的厂长了"，然而那些被编入服务大队的干部和职工，却恨死了乔光朴，他们甚至扬言要再次把乔光朴打倒。于是“揭发检举”乔光朴的匿名信涌向了各级党委，他们控告乔光朴“大搞夫妻店”、“破坏民主”、“独断专行”，等等，改革者被涂抹上了浓厚的负面色彩。与此同时，乔光朴还得应对社会上复杂的关系问题，比如他要求协作工厂及早提供大的转子锻件，因为不谙关系学，对方不买账不合作，使他上任之后的首次外交就以失败而告终。“他没有料到他的新里程上还有这么多的‘雪山草地’，他不知道他的宏伟计划和现实之间还隔着一条组织混乱和作风腐败的鸿沟。”不屑于经营关系也不善于经营关系的乔光朴，在这种复杂的社会环境中显得一筹莫展，所以当霍大道问乔光朴的精力如何分配时，后者的回答显得很无奈——百分之四十用在厂内正事上，百分之五十用去应付扯皮，百分之十应付挨骂、挨批。这是乔厂长遭逢的困境，也是改革者普遍面临的问题，在奔向现代化的道路上，他们都不得不背负“沉重的翅膀”。不过值得欣喜的是，乔光朴并没有被困难压倒，他对未来依然乐观，我们也由乔光朴在承受压力时的自信，看到了民族复兴的未来与希望。

如宗杰所说：“《乔厂长上任记》是一篇引人深思的好作品，篇幅虽然不长，却像一面镜子，可以照见我们社会生活的某些方面，照见许多人的灵魂。”乔厂长就像一个参照系，映照出了七十年代末八十年代初社会转型期的世相与人心。从乔光朴被追捧的热潮中，我们看到中国人对社会变革充满了渴望，由此他们也在期待乔光朴这样具有开拓精神的改革者的诞生。因为，终究要有人来承担民族国家的发展前进的职责，那些被认可的改革者，不仅有能力、有气魄，还需要勇气和自我牺牲的承担精神。乔光朴无疑完全具备了时代所需要的改革者的诸多要素，他的果敢豪放、大刀阔斧、百折不挠的个性特征，在重构理想主义、奋发向上的年代，填补了人们对于英雄出世的期待，有人甚至呼吁“愿有更多的乔厂长上任，愿有更多的乔厂长走进文学”。“乔厂长热”体现了八十年代中国人对于改革的梦想，说明了小说艺术生命是有真实基础的，说明了改革是迎合人心的，符合历史发展大趋势的，也由此表明了执政党的改革政策路线的正确性。

《乔厂长上任记》发表时插图

《祖国呵,我亲爱的祖国》

文学类型:诗歌

作者:舒婷(1952—)

发表刊物:《诗刊》

发表时间:1979 年第 7 期

主题精神:弘扬爱国主义,献身社会主义理想

记忆因子:真挚的爱国情感,深沉豪迈的家国情怀

关键词:祖国,爱国主义,奉献

1976 年,“四人帮”被打倒,“文化大革命”结束,但这并不意味着极“左”政治所制造的混乱局面因此而终结,在这个旧的被消灭、新的尚未成长起来的过渡时期,彷徨与迷茫依旧是民族和人民的普遍性心态。虽然社会发展道路充满了转型期的诸多可能且尚不明确,但人的自由、生产力的解放、国家的富强、民族的新生,却是不可阻挡的历史潮流。

在这样百废待兴的社会背景下,舒婷以诗歌的方式重新燃烧起人的理想。她在 1977 年创作的诗歌《这也是一切》中写道:“一切的现在都孕育着未来,未来的一切都生长于它的昨天。希望,而且为它斗争,请把这一切放在你的肩上。”在她看来,与其迷茫、哀怨,否定一切,不如奋发图强去主动承担,所以她在 1979 年创作发表的《祖国呵,我亲爱的祖国》把这种理念更加直接地表达出来，适逢其时地唱响了时代最需要的嘹亮声音，高扬起理想的旗帜，不仅确认了对民族未来的希望，而且发出了献身国家建设民族复兴的强烈呼唤。诗歌立意新颖独特，感情真切，一反“文革”诗歌夸张与浮泛的歌颂，在汗牛充栋的表达爱国情感的诗歌中独树一帜。

《祖国呵，我亲爱的祖国》全诗共四节，从历史、现实、未来这三度空间，折射出祖国曲折坎坷的经历，也表现了诗人的痛苦与坚韧，理想与追求。诗人把众多意象递进组合起来，通过对祖国充满苦难的发展历程的审视，由衷地赞美着祖国新生的希望，进而表达了从迷惘到深思再到奋进的一代人共同心声。

诗歌的第一节的基调是比较灰暗与消沉的，象征了从困境与苦难中走过来的中华民族，而且对于刚刚经历过“文革”浩劫折磨的中国社会来说，舒婷所选择的意象是贴切而形象的。

我是你河边上破旧的老水车，
数百年来纺着疲惫的歌；
我是你额上熏黑的矿灯，
照你在历史的隧洞里蜗行摸索；
我是干瘪的稻穗，是失修的路基；
是淤滩上的驳船
把纤绳深深
　　勒进你的肩膊；
——祖国呵！

诗人以悲凉的心情，凝练的文字，通过一系列具有深刻象征的意象，展现了祖国不堪回首的历史，勾勒出了几幅带着沉重喘息与悲哀面孔的祖国画面，形象地再现了民族灾难深重的昨天。这几幅画面中最明显的共性就是疲惫、乏力、破败，毫无生命力可言，就像当年闻一多所说的，“这是一沟绝望的死水”。残破得快要散架的老水车，依然在有气无力地转动着，发出的吱吱呀呀生硬透露出疲惫而愁苦的哀叹，而从它沉重的呻吟中，我们能够想到中国就像一个锈透了的机器，费劲而勉强地运转着。那盏服役时间太长已经被熏黑的矿灯，太过破旧，光亮已不足以照亮前行的道路。民族曾经有过的辉煌文明，被天灾人祸消耗殆尽，远古的灿烂光辉已然微弱，无法再有穿越历史的光芒……这些都让前行变得艰难，步履缓慢如同蜗行。百年来民族炼狱般的新生进程，就像行进在充满淤泥的滩涂上的船只，这身不由己的负累使你承受着不能承受之重。诗人用这些组合起来的意象与画面，让我们看到了旧中国苦难形象，也让我们意识到从旧时代走来的民族背负着无比沉重的包袱，这使她的面孔看上去更显得疲惫与憔悴。站在新时期的起点上，舒婷的态度显然是冷静的，她没有像流行的做法那样大唱新时代赞歌，盲目欢欣与乐观，甚至以此遮蔽掉现实的困境，而是认真地审视着这艘从历史隧道中开过来的大船，看到了她所负载的沉重与拖曳的纠缠，从而在她的诗句中，表达了正视现实正视困难的警醒——如果没有对历史与现实的清醒的认识，那么在现代化的航道上，依然会茫然无措失去方向。

诗歌第二节所要表达的是我们民族壮志未酬的伟大抱

负，以及由此看到的对于未来的希望。

我是贫困，
我是悲哀。
我是你祖祖辈辈
痛苦的希望呵，
是“飞天”袖间
千百年未落到地面的花朵；
——祖国呵！

贫困、悲哀，这是旧时代中国的标准面孔，尤其近代以来，中国社会遭逢军阀混战、外族的入侵，以及十年动乱，积贫积弱已然成为描述这个民族最常用的词汇。然而即使如此，这个民族从来都没有丧失过希望，虽然饱尝痛苦，但一直走在探索与追逐的路上。从这个角度来看，任何贫苦与悲哀，挫折与失败，甚至极“左”思潮的泛滥，都是在摸索前进路上所付出的代价，这些东西本身就证明了未曾失落的希望。舒婷在这里选择了“飞天”这一最能代表中华民族灿烂文化与璀璨文明的美好事物，来展现千百年来人民对理想的执着追求。那停留在敦煌壁画上的神女飞天，以及那些灿烂绽放在她衣袖上的花朵，正是人们期盼美好未来的最贴切的象征，昭示了我们祖辈的热情豪迈与理想的高度。当民族跨越了千沟万壑等来了新时期，那些曾经拥有过的理想与希望，不仅提升了民族的自豪感，而且也激发着我们对未来的希望。在这一节中，我们看到了清醒的审视与豪迈的乐观，诗人没有因为过于沉重的历史重负而丧失希望，也没有因为看到希望而盲目乐观,体现了舒婷所代表的一代人对于祖国现实的理解与认识,以及他们要给迎接新时代的人以信心与希望的用心良苦。

在阳光、水分、土壤条件都合适的新时期,一个沉寂多年的民族终于等来了可以放飞梦想的时刻,这在诗歌的第三节表现为欣喜与兴奋的情感特征。

我是你簇新的理想
刚从神话的蛛网里挣脱;
我是你雪被下古莲的胚芽;
我是你挂着眼泪的笑涡;
我是新刷出的雪白的起跑线,
是绯红的黎明
正在喷薄;
——祖国呵!

"文化大革命"结束了,中国从极"左"政治的迷梦中醒来,社会发展回归到正常轨道,于是在从"神话的蛛网里挣脱"后,重新生发出了"簇新的理想"。这时诗人选取了一些生动的意象,给"簇新的理想"以具象化的表达。"雪被下古莲的胚芽",在冰雪消融之后自然会生机盎然地生长绽放,而古莲则意味着理想的种子有着悠久的历史与深厚的文化根脉;不曾在雪被之下而窒息,则体现了它的顽强的生命力,一个未曾泯灭理想的民族,是任何灾难都无法压垮的,一叶内芽便昭示出未来的希望。与"雪被下古莲的胚芽"的丰富内蕴相比,"挂着眼泪的笑涡"则代表了新时期中国人的面貌特征，动乱年代的伤害尚未抚平、疮疤依然疼痛的时候，我们已经有了放眼未来的眼光与胸怀，虽然暂时不能忘记曾经劫难般的遭遇，但是对于未来已经有了微笑，充满乐观。如果说“古莲的胚芽”象征了不曾熄灭的希望之光，“眼泪”中的“笑涡”代表了对民族的信心，那么“新刷出的雪白的起跑线”则比较直接地表明了我们重新回到了现代化的轨道上，面临着新的挑战，也迎来了新的机遇。“绯红的黎明”预示着一个蒸蒸日上的社会发展远景，“正在喷薄”体现了力量，以及不可逆转的历史大趋势，“簇新的理想”使一切有了意义，使未来充满光明。舒婷一直在歌唱理想，理想在她的诗歌与价值观中是一个重要的元素，如她所说：“我不属于自己，而是属于/那篇寓言/那个理想”（《在诗歌的十字架上》），“理想使痛苦光辉”（《会唱歌的鸢尾花》），所以她紧紧抓住时代脉搏，吟唱理想，使人重拾信心与力量，而这对于任何时代来说，都是永不过时的呼唤。

诗歌最后一节是整首诗歌的核心“乐章”，诗人在这里奏响了献身民族复兴伟大进程的最强音。

我是你的十亿分之一，
是你九百六十万平方的总和；
你以伤痕累累的乳房
喂养了
迷惘的我、深思的我、沸腾的我；
那就从我的血肉之躯上
去取得
你的富饶、你的荣光、你的自由；

——祖国呵，

我亲爱的祖国！

每个人都是这个民族的组成部分，所以对于民族的复兴，任何一个人都不可以处身事外，都应该把“九百六十万平方”装在心里。一方面，民族国家的繁荣富强不仅可以使个人有强烈的自豪感与存在感，而且也会给每个人提供实现自我的机遇与可能；另一方面，祖国是任何人得以依赖的母亲，她用博大的胸怀与无私的爱哺育我们成长，所以为民族复兴与国家建设贡献自己应有力量，是所有人义不容辞的职责所在。经历了十年的“文化大革命”，中国人尤其是青年人陷入了一种信仰缺失的迷惘之中，不论对国家还是对个人的前途，他们都有彷徨迷茫之感，人的价值无法得以确认，所以会有“迷惘的我”；但正是因为对于没有放弃的对家国的责任感，才会去认真思考历史，这也催生了反思民族历史、思考未来道路的一代“深思的我”；基于对民族与自我的认识，思考、觉醒的人重新燃烧起对未来的信心，焕发出更为强烈的生命能量与献身祖国的豪情，抒情主人公就成了“沸腾的我”。舒婷说，是祖国母亲“喂养了”“迷惘的我、深思的我、沸腾的我”，是祖国使我获得了新生，那么当祖国站在“新刷的起跑线上”，我们就必须做出贡献而无愧于伟大的时代。舒婷倡导了对祖国的献身精神，“那就从我的血肉之躯上/去取得/你的富饶、你的荣光、你的自由”，表达了中华儿女对祖国母亲挚诚的情感和应该承担责任的自觉意识。

舒婷的许多诗中，都有一个“你”字和“我”字，她用这两个字来确认自我与他人、与社会、与世界的关系。比如在

《赠》中她写道:“如果你是火/我愿是炭”、“如果你是树/我愿是土壤”,表达了诗人对于他人的真挚关爱,以及乐于奉献的自我牺牲精神;在《致橡树》中,她以独立的姿态来看待“你”和“我”的关系,“我必须是你近旁的一株木棉,做为树的形象和你站在一起”。如果说这些诗歌中的“你”、“我”都对应着一个或具体或抽象的对象个体,那么在《祖国呵,我亲爱的祖国》的那个“你”和“我”,则包蕴更为丰富。诗人以“你”、“我”对应的意象来结构全诗,“你”是中华民族,而“我”也是那个时代期待国家文明富强,并甘愿为此奉献的人民群众,全诗在对“你”的审视与描述的基础上,表达着“我”的见识与情怀,全诗通篇涌动着的对祖国的热爱,使之在“我”与“你”的对照中,得到了更为鲜明的展现。不管“你”多么“贫穷、悲哀、痛苦、伤痕累累”,是“你”“喂养了迷惘的我、深思的我、沸腾的我”,“你”应该“从我的血肉之躯上去取得你的富饶、你的荣光、你的自由”。从这种强烈执着的信念与热情来看,《祖国呵,我亲爱的祖国》就是“文化大革命”之后一代人的爱国的忠贞誓言。

应该注意的是,舒婷这种发自肺腑的献身祖国的热望与呐喊,与极“左”年代那种高喊口号而无实际情感的爱国表达,是完全不一样的。她的吟唱基于的是对祖国历史、现实与未来的认真审视、清晰认识与充足信心,这与那些出于政治需要的盲目乐观、不顾实际的“假大空”存在着质的区别,她也以此改变了爱国主义的表达内涵与范式,使爱国的情感表达一反模式化的虚伪,而显得坦率而真诚。舒婷以独具个性的视角、精炼的笔墨与真切的情感唱出了一代人的心声,

舒婷

引发了时代的共鸣，产生了强烈的社会效应。《祖国呵，我亲爱的祖国》作为她的代表性作品之一，获得了 1980 年全国中青年优秀诗歌作品奖，并被选入中学语文教材，即便是现在每年的国庆晚会或者元旦、春节联欢会等许多场合，大家都还在深情朗诵着这首诗。

这首诗歌虽然发表在转型时代的 1979 年，但是它所唱响的主题精神，并没有因为时代的变迁而过时，它时刻提醒我们正视历史，关注当下，着眼未来，并以自己全部的热情参与祖国的发展与民族的文明进程。

《哥德巴赫猜想》

文学类型：报告文学

作者：徐迟（1914—1996）

发表刊物：《人民文学》

发表时间：1978年4月

主题精神：对科学时代的渴望与呼唤，对知识分子的倾情赞美

记忆因子：新时期崇尚科学的大潮，陈景润献身科学的忘我，知识分子科研精神与人格操守

关键词：哥德巴赫猜想，陈景润，科学技术，潜心钻研，坚持不懈

1978年的春天是“科学的春天”，伴随着中国改革开放的大潮，“科学技术是第一生产力”的论断犹如一阵南来风，复苏了沉寂在极端政治意识形态之下的科学之魂。而发展科学技术，重要的就是培养科研人员，提高知识分子的社会地位。这与建国以来文学作品从形象到精神不断“矮化”知识分子、“文革”更称其为“臭老九”的时代截然不同。时代的发展对文学提出了新的要求，描写知识分子，歌颂他们为科学献身的精神，不仅是改革时代对科学的期盼，更是新时期以来文学现实主义复归在创作上的反映。报告文学正是在这一时期受到作家及人民群众的普遍关注。

报告文学是一种以文学手法及时反映和评论现实生活

中的真人真事的特殊文体，既有新闻性，也有文学性，“文革”结束后掀起的报告文学复兴热潮，以其自身的纪实性和时效性起到了拨乱反正的作用。这一时期的报告文学以人民关心的重大社会问题为主题，反驳了“文革”文学“假、大、空”的粉饰精神，实现了对文学现实主义的复归。这其中着重描写知识分子的优秀作品很多，如《地质之光》、《生命之树常绿》、《在湍流的涡旋中》、《祁连山下》等，这些作品立足于对受迫害知识分子的歌颂，肯定他们追求真理，探索科学的价值并进行“典型”塑造，从而在人民生活的激流中翻起巨浪，在除旧布新的时代引起广泛的关注和热烈的反响，极大地激发了民众尊重知识、尊重人才，勇攀科学高峰，建设社会主义的时代精神。知识分子与科学，再次与时代和民族的命运休戚相关。描写知识分子的报告文学中，人物形象塑造最成功的里程碑式作品当属徐迟的《哥德巴赫猜想》，它在新时期唤起了知识分子极大的热情，调动了他们献身于科研工作的积极性，并在拨云见日的时代氛围中引起了强烈的反响与共鸣。

《哥德巴赫猜想》于 1978 年的发表，向来被誉为新时期报告文学繁荣的“报春花”，它深深震撼了中外科学界，为当时的知识分子于阴霾中投射出一缕光明和希望。20 世纪六七十年代的中国，无论是在经济、社会还是文化、科研领域里，都经历着一次“浩劫”。从苦难中脱离出来的中国逐渐认识到：科学技术在改造社会、发展社会中具有极其重要的作用，它不仅能改变国家贫困、落后的面貌，更能促进社会的民主及人民生活水平的提高，更符合马克思主义的基本理论要求。《哥德巴赫猜想》的创作在很大程度上说是受到时代的感召，描写“文化大革命”后知识分子重新站立起来，为祖国施展自己的才华与抱负，同蒙昧落后的时代告别。这不仅迎合解放思想的时代主题，更肯定科学技术的意义与价值，一代知识分子的心声在这篇报告文学中得到了深刻的体现。

徐迟原是一名诗人，此前也写过一些通讯类的知识分子人物特写，陈景润这个“科学怪人”引起了他极大的创作兴致。为了写好这篇报告文学，他安排了周密的采访计划，但因为陈景润本人工作的繁忙及不善言辞，他也只与这位数学家见过三面，其余大量的调查与信息都来自陈景润周围的人。徐迟将收集到的褒贬不一的信息收集起来，经过仔细的筛选和斟酌，不仅真实生动地再现了数学家陈景润那艰难困苦的生活经历和不畏艰辛的求知精神，更揭示了知识分子的不幸与民族命运的必然联系。在这部作品中，作为知识分子的陈景润不再是被“妖魔化”的形象，而是有血有肉、有理想有抱负的“真正的人”。可以说，《哥德巴赫猜想》虽然写的是陈景润，但这一形象无疑是属于所有新时期知识分子的。

报告文学全景式地介绍了数学家陈景润的身世和遭遇，向广大读者展示了他在“文化大革命”这一特殊历史背景下证明(1＋2)的过程。文章的开头就以纯数学形式列出了在学界一直悬而未决的“哥德巴赫猜想”——1742 年，德国数学家哥德巴赫发现，每一个大偶数都可以写成两个素数的和，他对许多偶数进行了检验，都说明这是确实的，但这需要给予证明。而陈景润的陈氏定理，即任何一个足够大的偶数，都可以表示成两个数之和，而这两个数中的一个就是奇质数，另一个则是不超过两个奇质数的乘积，是人类目前最接近哥德巴赫猜想的证明。

著名数学家华罗庚说过:“科学的灵感,决不是坐等可以等来的。如果说,科学上的发现有什么偶然的机遇的话,那么这种‘偶然的机遇’只能给那些学有素养的人,给那些善于独立思考的人,给那些具有锲而不舍的精神的人,而不会给懒汉。”上述话中所罗列的品质在陈景润的身上均有很好的体现。陈景润的童年和少年时代并不幸福,生活的窘迫和社会的动荡在他年少的心灵上早早地投下了阴影。他不擅与人交往,是一个沉默中的独行者,唯有数学这一科目才能让他于苦难的现实之外找到心灵的归宿——“人们对他歧视,拳打脚踢,只能使他更加更加爱上数学。枯燥无味的代数方程式却使他充满了幸福,成为唯一的乐趣。”自中学时代听说了哥德巴赫猜想之后,陈景润便被这个数学难题深深地吸引,从此辛勤劳作在数学的沃土中,将哥德巴赫猜想作为一生的奋斗目标。从那之后,他的生活就被这一数学难题占据了,毕业后被分配到北京工作,但这种好运并没有使陈景润产生应有的喜悦,他怀念在厦门大学数学系中如饥似渴地学习的日子,怀念大家心心相印地用数学语言来做交流的时光。所以离开了教师岗位的陈景润也继续在数学中汲取着精神食粮,生活的折磨及人们的误解并未让他放弃研究数学的本心;在病床上、在厦门大学图书馆中、在中国科学院数学研究所里,他执着而艰难地向哥德巴赫猜想这座“珠峰”跋涉,他是真正的学有素养的人、善于独立思考的人、有锲而不舍精神的人。

经过十几年的冥思苦想和大胆求证,陈景润终于在求证哥德巴赫猜想这一领域取得了重大突破，他在《科学通报》上发表的“陈氏定理”引发了国内外数学界的震动。当然，这是一个艰苦卓绝的过程，徐迟在这篇报告文学中生动、详实地描写了陈景润忘我于追求真理的生活状态：“他废寝忘食，昼夜不舍，潜心思考，探测精蕴，进行了大量的运算。一心一意地搞数学，搞得他发呆了。有一次，自己撞在树上，还问是谁撞了他？他把全部心智和理性统通奉献给这道难题的解题上了，他为此而付出了很高的代价。他的两眼深深凹陷了。他的面颊带上了肺结核的红晕。喉头炎严重，他咳嗽不停。腹胀、腹痛，难以忍受，有时已人事不知了，却还记挂着数学和符号。他跋涉在数学的崎岖山路，吃力地迈动步伐。”这一段白描似的勾勒刻画出一个多么纯粹、多么执着的知识分子形象啊！他将自己的全部心思放在了数学上，以致忽视了周遭的事物，甚至是自己的身体。可极“左”思潮影响下的中国并未对这样一个勇攀科学高峰的知识分子给予关注，不仅从未给他提供任何物质和精神上的保障，他所面对的科研条件更是异常的恶劣，这更使读者惊异于在此种条件下，这个瘦弱病躯里迸发出的超乎想象的毅力与才华。陈景润的住所是一间极尽破败的屋子，“这房间里还没有桌子。六平方米的小屋，竟然空如旷野。一捆捆的稿纸从屋角两只麻袋中探头探脑地露出脸来。只有四叶暖气片的暖气上放着一只饭盒。一堆药瓶，两只暖瓶。连一只矮凳子也没有。怎么还有一只煤油灯：他发现了，原来房间里没有电灯”。相比之下，精神上的打击要比物质上的匮乏更加折磨着陈景润，“无产阶级文化大革命”将他定性为资产阶级科研路线的“安钻迷”

典型，不懂数学的人嘲笑他的理论为伪科学，懂数学的人也在权力的诱导下对他进行恶意的诽谤，“白专的典型”这一头衔使陈景润身心俱疲，工人宣传队的荒唐行径也在他的心头蒙上了阴影，紧张的政治空气让他无所适从……物质和精神的双重打击造成了他如履薄冰般待人接物的性格，对于李书记送来的水果，他几番推脱；送李书记离开时，他眼含热泪，“突然间，他激动万分。他回到楼上，见人就讲，并且没有人他也讲。‘从来所领导没有把我当做病号对待，这是头一次；从来没有人带了东西来看望我的病，这是头一次。’他举起了塑料袋，端详它，说，‘这是水果，我吃到了水果，这是头一次’。”这个细节传神地折射出十年动乱对知识分子的践踏，并表现出党的阳光使知识分子重拾喜悦的强大力量。可见，陈景润是一个具有漫画式矛盾形象的人——他坚韧，坚韧到在数学领域里披荆斩棘，成为攻克重重难关的勇士；他也软弱，软弱到受人恩惠却表现出过分的客气，是一个孤僻、自卑的“书呆子”。这种矛盾的双面形象不仅将陈景润饥寒交迫的生活全面展现在读者眼前，也更容易勾起读者心里的同情及对当时极“左”政治时代的批判。

作为一个先进的知识分子，陈景润治学的态度是极其严谨的，他对(1＋2)学术论文的反复修改就体现出了他精益求精的学术素养，他说：“我的成果又必须表现在这样的一篇论文中，虽然是专业性质的论文，文字是比较简单的；尽管是相对地严密的，又必须是绝对地精确的。若干地方就是属于哲学领域的了。所以我考虑了又考虑，计算了又计算，核对了又核对，改了又改，改个没完。我不记得我究竟改了多少遍？

科学的态度应当是最严格的，必须是最严格的。”正是这种严于律己、严于科学的品质造就了陈景润的巨大成功，他的论文以最快的速度在《中国科学》上发表了，犹如一道闪电划破了数学界的寂寂长空。

徐迟的《哥德巴赫猜想》使陈景润从一个籍籍无名的知识分子一跃成为了在全国名声大噪的人物，他孜孜不倦的钻研精神及不畏艰难的人性光辉更是激励了一大批知识分子向着理想前进，誓为祖国的建设贡献力量。国内外评论说："陈景润成了中国科学春天的一大盛景。”报告文学发表后，作为知识分子的典型，陈景润受邀参加全国科学大会。邓小平在会上强调："一个人，如果爱我们社会主义祖国，自觉自愿为社会主义服务，为工农兵服务，应该说这就是初步确立了无产阶级世界观，按政治标准来说，就不能说他们是白，而应该说是红了。”正是这段话将陈景润头上的“白专”帽子摘了下来，使他找回了尊严和价值。在科学大会作报告间隙，陈景润还受到了邓小平的接见，他作为一个成功人士的拘谨和谦逊给当时的邓副主席留下了深刻的印象。对于陈景润，邓小平这样评价："像这样的科学家，中国有一千个就了不起!”而这次历史性的会面不仅为陈景润的人生添加了传奇的一笔，更激发了广大科学工作者钻研科学、报效祖国的精神。

《哥德巴赫猜想》的广泛传阅和倍受推崇，在某种程度上要得益于作品本身的艺术性。徐迟以诗人的春秋笔法，刻画了陈景润的精神特质，着意于他的人性光辉，并将繁复枯燥的数学算式生动地表现出来，使读者能跟随着陈景润前行的脚步，来体会知识分子进行科学研究那艰苦卓绝的路程。不仅如此，作者更以诗意的语言，结合报告文学的客观性和政论色彩，成就了《哥德巴赫猜想》中艺术与现实的完美结合。他善于运用骈体、排比、长短句结合的方式和恣情的文言来修饰文章，如"中国发生了一场内战，到处是有组织的激动，有领导的对战，有秩序的混乱，只见一个一个的场景，闪来闪去，风驰电掣，惊天动地。一台一台的喜剧，排演出来，喜怒哀乐，淋漓尽致；悲欢离合，动人心扉。一个一个的人物，登上场了。有的折戟沉沙，死有余辜；四大家族，红楼一梦；有的昙花一现，萎谢的好快呵。乃有青松翠柏，虽死犹生，重于泰山，浩气长存！有的是国杰豪英，人杰地灵；干将莫邪，千锤百炼；拂钟无声，削铁如泥"。这段文字铿锵有力，气势磅礴，使读者在阅读的过程中大有酣畅淋漓之感。此外，《哥德巴赫猜想》打通了报告文学和传记文学的界限，突破了传统报告文学局限于一件或者多件当下发生事情的写法，将人物作为中心，这为中国文学的发展提供了新的范式。《哥德巴赫猜想》创作之时，"两个凡是"的思想依然扎根于中国的土壤，徐迟借鉴了《马恩全集》对"文革"的理解和写法，对这场政治浩劫的本质揭示较为含混，这在描写陈景润生活时也有所体现，作家并没有详细写出"陈景润事件"等史实，只是模糊地提及了陈景润所受的诽谤和怀疑。这无疑是一种对创作素材的合理性选择，基于作者对文艺与生活、文艺的真实性、文化专制主义、怎样看待写光明与写黑暗等理论问题的探讨，这些探讨有益于文学理论的建构和解析，为社会主义的文学创作奠定了一定的基础。

徐迟的《哥德巴赫猜想》经《人民文学》首发，旋即在出版界迅速传播，各地报纸、广播电台纷纷全文转载和连续广播。《人民日报》、《光明日报》破例用三大版面宣传并转载了这篇文章，陈景润的名字驾着改革的春风一夜之间吹过中国的每一个角落。徐迟经由对人物形象和社会环境的出色描绘，为我们深入挖掘出当时的时代精神：要实现四个现代化，科学技术的革新是关键；如何提高科学技术水平，成为当时国家和民族关心的时代课题。徐迟正是将广大民众的共同愿望及时代对科学的渴望，通过这篇报告文学体现了出来。

陈景润是新中国成立后，第一个被正面描写并赞扬的知识分子形象。在这个除旧布新的时代，知识分子被解放出来，社会地位重新得到重视，从此，文学对知识分子的描写由“地下”转入“地上”，正式确立了一种合法的地位。在“文革”

《哥德巴赫猜想》作者徐迟（右）与陈景润（左）合影

结束后,《哥德巴赫猜想》的发表,推动了解放思想的浪潮,将民众埋藏在心中多年的心声唱响出来;它顺应了时代的潮流,以强大的文学战斗精神反映着群众的愿望。徐迟曾经说过:“我不过是为实现新时期的总任务,替科学工作者擂鼓呐喊的一名战士。”报告文学中重新呼唤科学精神,对人的价值及知识的尊重,使知识分子重新找回了人格尊严和自我价值,并努力投身国家建设,形成了坚持真理,追求科学、报效祖国的时代精神,感染和激励了亿万读者,对后来报告文学的创作产生了广泛而深远的影响。

《陈毅市长》

文学类型：话剧

作者：沙叶新（1939—　）

发表刊物：《剧本》

发表时间：1980 年 5 月 30 日

主题精神：缅怀革命领袖，坚守社会主义信念

记忆因子：百废待兴下的建设热情，共产党人的党性原则，革命领袖的公仆精神

关键词：陈毅，革命领袖，人民公仆

在 20 世纪七八十年代之交，在揭批“四人帮”、反思历史的潮流下，涌现了一大批歌颂老一代无产阶级革命家的文学作品，特别是话剧作品，如白桦的《曙光》、程士荣等的《西安事变》、邵冲飞等的《报童》，等等。作家在这些话剧中缅怀革命领袖、弘扬革命精神，表达人民群众的爱与憎，同时也打破了神化领袖的表达模式，开启了领袖人物塑造的新篇章。在这一创作潮流中，话剧舞台相继出现了以陈毅同志为表现对象的《东进！东进！》（所云平等）、《陈毅出山》（丁一三）等。与以上两部话剧突出陈毅作为军事家与政治家的气魄与风采不同，沙叶新创作的《陈毅市长》，则展现了陈毅作为上海市长的能力与作为。

1977年,沙叶新接受上海市文化局的委托,着手创作一部反映陈毅同志解放初期担任上海市长期间革命活动的话剧。在查阅大量资料、访问了众多与陈毅曾有亲密接触的人之后,沙叶新怀着热爱和敬仰的心情,完成了话剧《陈毅市长》。《陈毅市长》于1980年5月15日在上海公演,随即引发轰动,几天之内至六月底前的戏票就已售完,同时该剧也获得了作家、导演、理论家们的一致赞誉。随后《陈毅市长》被拍成电影,改编成连环画,影响更为广泛。《陈毅市长》赢得各方口碑得力于对陈毅形象的全新塑造,于平凡中蕴含伟大,以历史照亮现实。沙叶新在艺术上勇于尝试,打破了传统的围绕某一中心事件的戏剧建构模式,以陈毅作为贯穿全剧的核心人物,每一场戏各有一个完整故事,独立成章,相互间并不连贯,形成了"冰糖葫芦"式的结构方式,因为这十场戏紧紧扣着陈毅"市长"身份,体现出了他坚持党性立场、甘于奉献、勇于承担的"公仆"精神,所以整部话剧丝毫没有给人以零散之感。每一场戏都从一个层面,来具体体现陈毅的能力、意识、品质与情操,从而使我们能够近距离地感受到一位革命领袖的动人魅力。

话剧并没有从陈毅进入上海开始,而是从第三野战军的"丹阳会议"写起,在从司令员转变为上海市长之前,陈毅充分考虑到了接管上海的难度,并为此做好了思想准备。戏剧一开始,穿着军装的陈毅司令员就批评了部队的坏风气,重提八项注意三大纪律,严禁一切可能败坏共产党名声的行为出现。在陈毅看来,去接管上海对于部队来说要比战争更考验人,不仅需要毅力、勇气,还需要严肃的纪律。如果"不整训整训，不学习学习，不研究接管政策，不搞好入城纪律，就是打到上海也要犯错误，也站不住脚”。陈毅以高瞻远瞩的开阔视野，意识到了进入上海容易，但是在一个烂摊子的基础上恢复生产、发展经济、建设城市，无疑对于共产党的军队来说是一个巨大的挑战。在战争胜利面前，陈毅没有盲目乐观，而是体现出一个领袖人物应有的清醒，“我们要谦逊谨慎，勤奋好学，学生产，学技术，学管理学科学，学习有关城市生产建设的一切知识。我也得学，学不好，到了上海我就没得资格当上海的市长”。这里有共产党员强烈的自审意识与以天下为己任的责任感，同时也体现出陈毅的昂扬乐观。面对上海这个“冒险家的乐园”，面对帝国主义反动派“红的进去，黑的出来”的叫嚣，他充满了必胜的豪迈，“试看明日之上海，竟是谁的天下！”

迎接共产党军队的上海城，是一个名副其实的烂摊子：

> 上海一共有一万二千家工厂，如今已有百分之七十倒闭。商店共有八万二千家，其中有五万家关了门。因此失业人口剧增，有一百多万。加上灾民、难民将近三百万，也就是说，如今上海几乎有一半人口急需救济！

经济崩溃之下，民不聊生，余粮只够上海六百万人吃半个月的，存煤还剩五万吨，仅够维持一个星期的。同时政府公共服务系统瘫痪，垃圾成堆，交通被全部堵塞，而且社会不稳定人群庞大，“流氓、阿飞有三万五千人，小偷有两万一千人，妓女有四万四千人”。这个曾经被誉为“东方巴黎”的城市，已经陷入风雨飘摇之中。这就是解放初期的上海现状，沙叶新不需要刻意营造，便有了能够展现陈毅性格的典型环境。在这样的窘境中，仅仅有大无畏的勇气与奉献精神是不够的，面对这样一个个棘手的难题，既需要运筹帷幄的全盘规划，脚踏实地的态度，又需要开拓局面的卓越才能。以陈毅为代表的共产党人接受了历史的挑战，并在民族历史上抒写了浓墨重彩的一笔，不仅拯救了崩溃的城市，而且也树立了共产党在人民群众中的光辉形象，从而生成了建设社会主义的强大感召力。

陈毅的责任感、包容胸怀、经济眼光与礼贤下士的姿态，成就了上海工商业的复苏与经济的发展。话剧的第二场，接受国民党投诚，面对国民党伪市政府代理市长夏灏，陈毅没有敌视心理，相反以礼相待，以朋友相称。他不在意夏灏的国民党身份，看重后者是工程技术方面的人才，看重其对于上海城市建设的整套的先进规划。陈毅的友善与诚意打动了夏灏，使后者放下了敌意而且同意出任人民政府的工务局长，弥补了这方面人才奇缺的局面。接管上海之初，陈毅就明确了对民族工商业的态度，“对民族资本家我们采取的是保护和合作的政策，决不会施用暴力”。如果没有发展经济的眼光，简单把资本家看作剥削阶级，当成敌人，就是不顾实际的教条主义，因为百废待兴的上海，在公有制基础尚未确立之时，还必须依靠拥有工厂、设备、资金，掌握国民经济命脉的民族资本家。所以陈毅说：“为了恢复生产繁荣经济，我们不但不会消灭资本主义，还要发展资本主义，允许资本家剥削。”在解放初期的时代，并不是任何一个共产党员都有这种见识与判断，对于资本家阶层，当很多人还在纠缠党派、立场与阶级的时候,陈毅的目光带有了超越性。

陈毅不仅公开表态支持民族工商业,而且亲自去与资本家会面,话剧的第三场表现的就是这个事件。随行的工业局长顾充认为共产党干部不能吃资本家的宴席,会有不好的影响,然而陈毅却说:"就是要让他们看一看我们共产党人是啥子样子,让他们知道共产党人也是有鼻子,有眼,有血有肉,也是像一般人一样要吃饭的。不是青面獠牙的怪物,不是不近人情的生番,也不是不吃人间烟火的和尚。"如果不去主动接触资本家,尤其是在宴会这样的场合让资本家认识共产党人、了解共产党的政策路线,那么很难打消这一群体心中的疑虑,影响到他们投资经营工厂的信心。所以傅一乐这样的民族资本家最终能够站到人民一边,成为恢复经济的重要力量,就是得益于共产党团结资本家的正确路线,当然也得益于推行实践这一政策的人,而从这个角度来看,作为市长的陈毅无疑是推动历史前进的英雄。

中国有为数众多的知识分子有意愿也有能力参与民族的建设,然而在建国前的旧社会没有给他们提供足够的空间,而且腐败的政治也使他们感到绝望,所以他们往往会退隐回到自己的小天地,以科学研究自娱自乐。化学家齐仰之就是这样一个知识分子,他有家国观念,但苦于报国无门,于是躲进斗室钻研学问不再与外界接触,即使访客也得遵循他的原则,"闲谈不得超过三分钟"。在盘尼西林这种药物全靠进口而异常紧缺的情况下,确实需要齐仰之这样的科技人才去实验研发。但是如何让心如死灰的齐仰之重新出山,并不是一个很容易解决的问题,话剧的第五场,讲的就是陈毅礼贤下士夜访齐仰之。这场戏一方面体现了陈毅对知识分子的重视，一方面也展现了陈毅善于与人沟通的能力。陈毅注意与齐仰之的谈话技巧，后者虽然不愿与人接触不愿耽误时间，但是他对化学充满兴趣，陈毅投其所好，设置问题，勾起后者谈话的欲望——“我以为，齐先生虽是海内闻名的化学专家，可是对有一门化学齐先生也许一窍不通！”从这句话开始，陈毅便掌握了与齐仰之交流的主动权，逐步深入、贴近齐仰之心理的对话，使这位化学家心悦诚服，“陈市长真不愧是共产党人的化学家，没想到你的光临使我这个多年不问政治、不问世事的老朽也起了化学变化！”最终齐仰之重新用知识服务社会，研发出了盘尼西林，这也预示着民族工业的复兴。科学技术是第一生产力，陈毅有留学的经历，他深知唯有发动知识分子的热情，百废待兴的城市以及社会主义建设才有希望。这与盲目排斥知识分子、一味倡导改造知识分子的错误倾向拉开了距离，而且他不仅引导并给这些知识分子提供发挥自己的平台，而且也切实地尊重他们的劳动，关心他们的生活。比如他亲自过问齐仰之住房的修缮情况；再如他要求观众尊重柳风的音乐会，不能中途退场且要主动鼓掌，同时现场解决了交响乐团排练场地问题等。一个崇尚知识的文明，才是先进的文明，而这种崇智化氛围的构建，需要一种外在的引领，陈毅无疑很好地承担起了这一职责。

从群众中来，到群众中去的群众路线，是共产党能够取得一个又一个胜利的法宝。深入群众、关心群众，一切以人民群众利益为出发点，这一共产党人特质在陈毅身上体现得相当突出。话剧的第八场，在春节的上午，陈毅放弃假日的休息来到工人徐根荣家。当他看到工人因为三月未能领到工资而吃豆渣过年的时候，心情顿感沉重，“解放之后的第一个春节，上海的工人弟兄就吃这个过年，我这个市长对你们不起……”虽然工人生活困顿，主要是源于特殊时期以及资本家的贪图利益等原因，但是陈毅还是真诚地自我检讨，并且要求与徐根荣等人一起吃难以下咽的豆渣。虽然革命胜利了，但是陈毅一直没有失掉革命者甘于吃苦的本色，“野菜、树皮、观音土我都吃过”，“豆渣要比野菜强多罗！”只有像陈毅这样的真诚言行，才能拉近与人民群众之间的距离，才能体会他们的疾苦，了解他们的需要，才能使共产党的政策路线永远以为人民服务为根本，也才能永葆共产党领导的活力。沙叶新在陈毅探访工人的场景中，很巧妙地把傅一乐也拉进其中，而后者正是拖欠徐根荣等人工资的资本家。于是，陈毅吃豆渣的举动，在感动了工人的同时也征服了傅一乐，使这个资本家对陈毅产生了强烈的认同感，看到了共产党的风范与继续经营工厂的希望。

人性的私欲与党性原则之间是存在冲突的，尤其在中国这样一个人情社会，原则往往被人情关系所湮灭，甚至会产生腐败问题。共产党一直在清理自身肌体，保持队伍的纯洁性，竭力遏制腐败的滋生，不仅如此，老一辈无产阶级革命家对党性原则的恪守，也为社会提供了表率。话剧的第五场，沙叶新着意表现陈毅不徇私情、不搞裙带关系，坚持原则维护国家利益的行为意识。岳父希望陈毅给自己安排一份力所能及的工作以留在上海，而妹妹则希望哥哥能把自己介绍到卫生学校去读书。在一般人看来，这两件事并不是什么大事，甚至如果陈毅坚持不为，还有可能被批评为六亲不认。陈毅并没有满足岳父与妹妹的要求，虽然那些事在于他来说不过“举手之劳”，但是他把个人私欲拦在了由党性原则与国家利益垒成的堤坝之内。因为上海实行供给制，吃的、用的都是国家的，多一个人国家就要额外开支，所以不能损害国家利益而满足亲戚的个人欲望。陈毅说，正因为自己是市长，才更要以身作则，“不是当哥哥的不爱妹妹，可是我还要爱护党的纪律，爱护革命的原则嘛！”《论语》中有言：“其身正，不令则行；其身不正，虽令不从。”与此相应，陈毅认为共产党员应该树立正确的名利观，他批评了因为没有当上军长而来闹情绪的师长彭一虎，让后者认识到了自己扭曲的价值观，重新理清了组织与个人、权力与责任的逻辑关系。

正确认识权力是人民赋予的这一事实，才能以人民的利益为出发点去行使权力，才能真正做到权为民所用，才能保持共产党的先进性，陈毅用言行诠释共产党人的处世哲学。因为有着人民公仆的自觉，陈毅身上从未有高高在上的优越感，也没有唯我独尊的专横，他能虚心听取批评，也能虚怀若谷、知错就改。话剧第七场，陈毅按照党内方式批评了魏里，当得知后者是个并不在党的无党派时，陈毅便毫不犹豫地给他道歉，“这是我们共产党的规矩，不论谁，说错了就得承认，就要道歉！”同时也正是因为讲究原则，所以才能够实事求是。陈毅反对那些不论出现多严重局面都说形势大好的瞎话，在他看来，“报喜不报忧就不是真共产党”。即使可能招致上级的批评，但是必须说真话，这是对国家、对人民负责任的态度。虽然在坚持党性原则与国家利益面前，陈毅丝毫的让步可能性都没有，但这并不意味着他是一个缺乏人情味的人。话剧第七场，因为电厂被炸，童大威的高射炮没有起到警备与防空的作用，造成了一系列的损失，使陈毅对他这个老下级很恼火。在接华东局要处分童大威的电话之前，陈毅对童大威说："我看你呀，足够枪毙的资格了！"但是一旦军委要把童大威交到军法处依法判刑，陈毅本着情感为其开脱，而且在教训之余也不忘拿出了自己的饭票给后者，让其吃了饭再回去。批评加爱护，包蕴浓浓的人情味，这是陈毅深受身边人怀念的一个缘由。

电影《陈毅市长》宣传海报

沙叶新在创作谈中说："我想，为了使剧本的思想内容有直接的现实感，有强烈的针对性，为了启示今天的观众，推动当前的生活，应该着重选取那些陈毅同志所具有的，而在今天的现实生活中正在大力倡导或业已有所失去的思想品质来写。"《陈毅市长》之所以受到观众的欢迎、时代的认可，不仅在于它突破了领袖塑造模式的条条框框，把陈毅还原为一个人，而且更为重要的是，人们在这个鲜活的人物身上看到了未来的希望。他们认可追捧这个形象，有纪念陈毅的感情在里面，然而根本上来说，人民群众是在呼唤像陈毅那样的共产党领袖、共产党人和共产党作风。

《高山下的花环》

文学类型:小说

作者:李存葆(1946—)

发表刊物:《十月》

发表时间:1982 年第 6 期

主题精神:无私的奉献精神,崇高的爱国情怀,克己奉公的价值原则

记忆因子:超越苦难的执着与坚韧,战争中的官兵群像,凡俗生活中的人性之光

关键词:对越自卫反击战,梁三喜,牺牲,带血的账单

1975 年,统一后的越南开始与苏联发展更为亲密的外交关系,走向与中国对立的立场。越南在国内开始疯狂排华,在中越边境连续出动武装部队,侵犯中国领土,袭击中国边防人员和边防居民,严重威胁我国边界的和平和安全。为了保卫祖国领土主权和人民生命财产安全,1979 年 2 月 17 日,中国边防部队在忍无可忍的情况下,被迫奋起还击,到 1979 年 3 月 16 日,取得了对越自卫反击战的胜利。李存葆的中篇小说《高山下的花环》正是取材于对越自卫反击战,他把焦点对准了一个连队,集中在连长梁三喜、指导员赵蒙生、排长靳开来身上,通过他们各自行为展现了战争情境下的人物心理。李存葆在写作《高山下的花环》的时候,已有十八年

的部队生活的积累。1979 年对越自卫还击战开始后，他还在前线呆了近四个月的时间，后来又到一支在广西前线参战的部队中去深入生活近三个月。他深入前线，见到了、听到了许多动人的材料，他的心灵一次又一次受到战友热血的洗涤，因此激起了极其强烈的创作冲动。丰富的材料，为他选择细节、塑造人物带来了许多方便，他先是创作了十万字的报告文学《将门之子》，然后经过思考与凝练，在报告文学的基础上创作完成了感人肺腑的《高山下的花环》。

《高山下的花环》以“我”采访、赵蒙生述说的方式呈现，以赵蒙生心理转换为线索来结构整个故事。赵蒙生到九连当指导员，并不是出于到基层磨炼自己的目的，而是一种“曲线调动”的策略，想以此顺利地调到另外一个军区去。九连的连长是沂蒙山农家出身的梁三喜，虽然生活清贫艰苦，但他作风扎实、素质过硬，整个连队的训练水平一流。一个是过惯舒服日子的“公子”，一个是历经生活苦难的男人，然而这两个人却是吃同一个娘的奶水长大的，只不过生长的家庭不一样而已。不同的出身与经历，决定了他们对理想与事业的态度差异，两者的冲突能够典型体现两种生活方式，甚至两种信仰之间的矛盾。比如在对待馒头的态度上，赵蒙生觉得不好吃或者吃不了，就自然地扔进了猪食缸，但在梁三喜看来，这绝对是个大问题，是涉及到部队作风的大问题。而且这并非小题大做，一方面是一直长期受到节约光荣浪费可耻的教育，一方面生活的贫困也使梁三喜对粮食异常珍重。再如在对待休假问题上，梁三喜对连队放心不下，所以一直牺牲自己渴望的探亲机会，虽然妻子已经有孕在身；但赵蒙生却每天都在思考着如何逃离这个艰苦的环境，甚至根本就没有履行起指导员的职责。还有在对待参战与否上，赵蒙生在即将开战之前，还在想着“积极谋划”调动，即使到了前线，其他官兵在群情激奋、以写血书的方式明志参战的时候，他依旧在想着如何调动，哪怕调回安全的机关也好。他的行为被梁三喜所唾弃，“滚蛋，你给我赶快滚蛋！……奶奶娘！你可以拿着盖有红印章的调令滚蛋”。在梁三喜与以之为代表的九连官兵以身许国、视死如归的牺牲精神的感染下，在雷军长不啻为一声惊雷的震动下，赵蒙生开始觉醒了，“我麻木的神经在清醒，我滚滚的热血在沸腾！奇耻大辱，如毒蛇之齿，撕咬着我的心！”“我要捍卫人的起码尊严！我要捍卫将军后代的起码尊严！！”“我狂呼‘从现在起，谁敢说我赵蒙生贪生怕死，我就和他刺刀见红！是英雄还是狗熊，战场上见！’”

赵蒙生终于没有当“逃兵”，而是选择了重新出发，与九连兄弟并肩在炮火硝烟中实现自我的救赎，经过战火的洗礼，他成长为一名真正的英雄，也深刻地理解了军人这两个字的真正涵义，于是他选择了坚守，不再向往繁华与安逸。小说以这个故事为核心内容，进而把与之相关的人、事引入其中，使我们看到了作家的广阔视野，也使这个中篇包蕴深广。梁三喜一家的悲欢离合本身就是能反映时代变迁的故事：梁大娘的大儿子为革命牺牲了，丈夫和二儿子死于“文革”的错乱之中，她又把梁三喜送到了部队，这唯一的儿子、家庭未来的希望也为国献身了。梁三喜留下的寡母、寡妻和尚在襁褓之中的孩子，使小说的悲剧氛围相当强烈；解放战争中，吴爽生下赵蒙生之后没有奶水，只能送给沂蒙山下的妇救会长梁大娘喂养，与梁三喜一起长大，直到五岁后被送回吴爽身边；抗日战争中，一场战役后，“雷神爷”多处负伤，奄奄一息倒在血泊之中，是吴爽从死人堆里救出了他；在小说描写的战争中，战士“北京”加入了梁三喜的队伍，他的指挥技能确保了九连的胜利，而这个最终牺牲的战士薛凯华，正是雷军长的儿子……这些不同地位、不同面貌、不同价值取向的人相互交织纠葛，使小说描绘的景象从异国土地到沂蒙山区，从八年抗战到十年动乱，既有广阔的现实生活画面，又富有历史纵深感，浓缩地反映了转型期的社会风貌。

在“文化大革命”结束后信仰真空、理想迷茫的八十年代，一些文学作品对于民族来说就是照亮未来的火炬，《高山下的花环》无异具有这样的价值意义。李存葆的创作之所以具有打动人、感染人的效果，主要在于他塑造了众多具有正向价值意义的人物形象，如梁三喜、梁大娘、雷军长等等。

梁三喜来自沂蒙山区的农村，家庭比较清贫，为了给父亲治病已经欠下了几百元的债务，他的军装都是比较破旧的，带着补丁，牙刷陈旧得只剩下了几撮毛，除了履历上的二寸照片，甚至连一张留影都没有。然而正是这样一个深陷苦难的人，却焕发出迷人的生命光彩。虽然他的职位不过是连长，但“位卑未敢忘忧国”。因为唯恐耽误连队的建设，他屡次放弃休假探亲的机会，以至于牺牲前未能见到母亲和有孕在身的妻子。他也想过转业，结束与妻子长年见不到面的生活，然而“转念一想，如果都不愿长期在连队干，那咋行？兵总得有人带，国门总得有人守，江山总得有人保啊！”九连平时获得的荣誉与战争中体现出的战斗力，莫不来自于梁三喜兢兢业业的工作。国家利益一直在他的心中，强烈的爱国之心始终激励着他忠于本职工作，并为之付出全部热情。在他看来，只要穿上军装，就意味着必须要为国家和人民付出一切，即使是为了国家流干最后一滴血，也无怨无悔。“当我死后，切切不能向组织提出半点额外的要求！……我们国家也不富，我们应多想想国家的难处！……做人如果连起码的爱国心都没有，那就不配为人！”梁三喜牺牲的时候，并没有留下豪言壮语，只留下了一张染上鲜血的欠账单，而他在临死之际想到的也是自己所未曾偿还的债务。在遗书中他叮嘱妻子，“你和娘在来部队时，一定要把我欠的帐一次还清。……人死账不能死”。铁骨铮铮的梁三喜也不乏细腻的情感，他对爱情的理解一点也不狭隘。为了妻子的生活，他抛弃了世俗的愚昧，希望妻子在自己死后“一旦遇上合适的同志，即从速改嫁！”而那件从未舍得穿上的新大衣，是他留下来送给妻子未来丈夫的礼物。这种饱含理解与尊重的爱情，不论在任何年代下都显得稀缺可贵。所以，从平凡中写出伟大，是小说的一大成功，作者不仅为时代提供了一个平凡普通的英雄形象，而且为我们展现了一个完整的人，梁三喜无论在任何方面在任何年代，都值得景仰。

梁大娘身上有着老区人民的革命觉悟，这个曾经为民族解放事业做出贡献的老人，依然坚守着当年的信仰与理想。在丈夫与二儿子均死在错误的运动中后，她依然选择把梁三喜送到部队去保家卫国，这是对民族的信心与责任使然，也是依然在燃烧的革命理想使然。虽然生活窘迫，但是她对偿还债务的态度非常坚决，即使拿出梁三喜的所有抚恤金还不够，她也要想办法还清。小说甚至为我们展现了充满意志力的景象——为了省下一点车票钱，梁大娘竟和儿媳抱着刚出生三个月的婴儿翻山越岭地走了四天——让我们读来觉得可怜的同时，也感佩她们的毅力。梁大娘虽然需要钱来支撑生活，偿还债务、养育婴儿，但是她却拒绝了赵蒙生为她们清偿欠款的愿望，拒绝了后者满含情意的五百元钱，也拒绝了后者多次汇给她的一千二百元钱。她们并不是不需要钱，因为生活太过艰苦，然而正如梁三喜说过："接受施舍会使人变得卑微，被人怜悯是最痛苦的事情。"物质条件窘迫也可以一样活得有尊严，只有超越苦难的生活，心灵世界的圆满才能得以实现。对于八十年代的物质贫困阶段，梁大娘的重义轻利有着激励人的社会价值，而对于物欲横流的当下社会来说，她的行为选择依然具有警醒意义。

如果说梁大娘代表了以坚韧忍受生活、默默为民族奉献的人民群众，那么雷军长则是坦荡襟怀、高风亮节的老革命家的化身，从"雷神爷"的绰号中，我们就能感受得到他的铁面无私与凛然正气。吴爽在抗日战争中曾经救过他的命，雷军长亦心存感激，然而他绝对不会以为赵蒙生开后门的方式去报答吴爽。不仅如此，雷军长因为吴爽的行为雷霆震怒，不多见地甩了军帽，并且开始"骂娘"——"她来电话是让我给她儿子开后门，让我关照关照她儿子！奶奶娘，什么贵妇人，一个贱骨头！她真是狗胆包天！"雷军长愤怒的不仅是吴爽的"开后门"，而是这种临阵脱逃、罔顾国家的自私。老一辈革命家的价值观念中，民族利益至高无上，对于任何有损国家的行为,在雷军长这里都是绝对不被允许的。也正是为了民族利益国家安全,雷军长把自己的儿子薛凯华调上了前线战场。《高山下的花环》不仅展现雷军长铁面无私的一面,也描绘了他充满人情味的一面。比如在儿子凯华的墓前,这个老革命家全身瑟瑟颤抖,并留下了悲伤的泪水——“怜子如何不丈夫”;比如战争之后,他向吴爽解释那次“骂娘”,并回顾两人革命友谊表达感恩情怀。一个有情有义、顶天立地的将军形象跃然纸上,这是民族脊梁式的人物,他与梁家人相映生辉,增强了小说的感染力。

另外,薛凯华与靳开来在小说之中也展现了各自的正向价值。靳开来虽然平时牢骚满腹,一旦投入战斗,便把生死置之度外;薛凯华身上已经具备了应付现代战争的指战员素质,他给雷军长的信充分体现了他的学识与视野。他是主动要求参战的,而且在他的遗书中也体现了慷慨赴国难的从容,他说,如果战场上我作为一名士兵而献身“能头枕祖国的巍巍青山,身盖南疆殷红的泥土,是虽死而无憾,也无愧于华夏之后代,炎黄之子孙了”。这种舍生取义、牺牲奉献精神,正是价值迷茫时代所需要的,它激励中国社会重建并确认正向的价值观念体系。在小说中,虽然吴爽、赵蒙生母子以负面形象出现,但是他们最终都有了价值立场的转变,这体现了梁三喜等人强大的影响力。

《高山下的花环》虽然是军事题材,但不仅写了战争,而且也写了婚姻家庭,写了父子、母子、夫妻之间的复杂情感。同时李存葆的创作把官兵与人民、军队与社会、战场与后方、当下与历史联系起来,努力挖掘这一题材的社会意义。《高山下的花环》也突破了军事题材创作的诸多“禁忌”，还原了被遮蔽的军营现实，真实地反映了生活当中的各种矛盾。它所开创的军事文学新景观，引发了文学创作对战争的反思，为新时期同类题材文艺作品提供了艺术经验与审美范式。

《高山下的花环》引发的轰动是全国性的。解放军总政治部号召全军阅读学习，教育部、团中央发出联合通知建议中学生在寒假阅读这部作品。在当年的全国中篇小说评奖中，作品得票遥遥领先，高居榜首。当时，全国有70多家报刊连载这篇小说，国内多家出版社相继出版了《高山下的花环》单行本，累计印数达1100万册。英国、法国、日本和苏联等十几个国家翻译出版了这本书。数十家剧团将小说改编成话剧、舞剧等多种剧目上演，中央人民广播电台连播，1984年，《高山下的花环》被著名导演谢晋搬上银幕后，更是风靡大江南北，感动亿万观众。

李存葆的这篇小说之所以能够引发如此轰动有诸多方面的原因。首先，《高山下的花环》对人物的描写并没有单一化、模式化，而是塑造了不同出身、不同个性的官兵形象，不仅写他们在战场上视死如归的胆魄，而且也展现了他们身上的局限与缺点。如赵蒙生养尊处优，生活懒散；段雨国留着长头发，利用手里的外国货拉关系；靳开来是“牢骚大王”，说话不照顾别人感受，等等。这样的表述不仅使人物有血有肉、有真实感，而且也使连队“活”了起来，不再是毫无生气的叙事对象，而新时期军事题材之所以能够重新引发人们的关注，展现出军营中官兵个体的复杂性正是一个主要因素。其次，相对于小说的故事性追求，李存葆更看重通过文本传递具有积极意义的精神价值。不论对主要人物梁三喜，还是“配角”薛凯华、靳开来，作家都极力挖掘他们身上正向的价值内涵，从而弘扬了社会主义核心价值观念，而对于“文化大革命”后的精神迷茫来说，这些精神价值鼓舞人、激励人，使人能够重新找回对民族与个体未来的信心。第三，作品虽然是军事题材小说，但却没有局限地写军营、官兵与战争，而是囊括了丰富的世相景观。作家关注并反思了诸多与群众生活相关的历史和现实问题，从而引发了大众的共鸣。比如，

高山下的花环

李存葆

记不清哪朝哪代哪位诗人，曾写过这样一句不朽的诗——“位卑未敢忘忧国”。

——作者题记

引 子

在哀牢山中某步兵团三营营部，在赵蒙生的办公室里，我和他相识了。

寒暄之后坐下来，便是令人难捱的沉默。赵蒙生是这三营的教导员。他出生于革命家庭，其父是位战功赫赫的老将军，其母是位“三八”式的老军人。三年前在对越自卫还击战中，他荣立过一等功。三年多来，他毫不

1

作品发表时首页

通过吴爽经营人际关系谋取个人私利，以及她为儿子赵蒙生“曲线调动”的行为，表达了作家对于老干部变质与社会腐化风气的批判；通过薛凯华死于两发臭弹，揭示了动乱年代不仅会给人造成精神创伤，而且也使生产混乱，影响国防建设；通过梁家的贫穷与梁三喜父亲的遭遇，揭示了极“左”政治使农村陷入了生产停滞与物质贫乏的泥淖，等等。《高山下的花环》从形式到内容，从主题到价值观念，都具备了经典特质，无论对于文学史，还是对于现实生活，它的导向意义是显而易见的。

《平凡的世界》

文学类型：小说

作者：路遥（1949—1992）

发表刊物与时间：《平凡的世界》（第一部），《花城》1986 年第 6 期，中国文联出版公司，1986 年 12 月；《平凡的世界》（第二部），中国文联出版公司，1988 年 4 月；《平凡的世界》（第三部），《黄河》1986 年第 6 期，中国文联出版公司，1989 年 10 月

主题精神：记录时代变迁，赞颂坚韧执着

记忆因子：转型期的社会躁动，青年人的奋斗精神，理想进取的时代风貌

关键词：平凡的世界，理想，奋斗，孙少平

二十世纪八十年代，中国城市化进程在中断了几十年后重新启动，城市的商业功能逐渐代替其行政功能而占主导地位，城市的进化及其与乡村差距的拉大，使被人为遮蔽的城乡差别再次醒目地体现出来。对于追逐梦想的农村人，尤其是农村青年人来说，城乡二元体制下的奋斗路径的狭窄与上升渠道的贫乏，使他们往往遭逢理想破灭的悲剧。新时期文学创作延续了现代文学对于城乡差异与冲突的表达，通过农民对城市的复杂心态来展现转型社会的历史进程。路遥是中国当代最早用文学的方式来表达城乡分离的，作为一个感

受并体现时代特征的作家,他以转型期城乡森然有别为切入点,阐释造成诸如人生道路、婚姻爱情等问题的复杂性。《人生》、《黄叶在秋风中飘落》、《姐姐》、《痛苦》等作品,都十分深刻地表现出了城乡对立对主人公命运道路的影响。长篇小说《平凡的世界》延续了路遥对奋斗的农村青年的关注,并把对于城乡差别引发的理想与现实碰撞的矛盾纠葛引向深入。在时代变迁中描述孙少平们的理想、追求与奋斗,深刻地把握了他们精神轨迹与灵魂升华,这使得《平凡的世界》成为解读转型期民族心理的经典文本。

路遥有意识地选择了从 1975 年到 1985 年——中国社会转型最为激烈的十年作为叙事背景,以陕北一个村庄孙、田、金三个家族为辐射源,广阔地描写处于历史转折中的城乡社会,各种不同阶层、不同身份地位的人。通过这些普通人在大时代历史进程中所走过的艰难曲折的道路,力图把握一个时代的精神风貌,预示生活发展和变革的前景,从而显示了社会本质,显示了时代风云。在新时期的大幕之下,旧有体制、观念与发展思维,依然会左右与阻碍社会的进步,人的价值虽然得到承认,但是个体的梦想实现的空间仍然有限。“文革”的极“左”政治,不仅造成了思维观念的僵化与极端,而且还严重地破坏了生产力,使人民群众的物质生活极其贫困,这一点在农村社会体现得尤为明显。孙少平、孙家乃至全村人的物质生存困境的境况,是那个年代整个中国社会的写照和缩影,在十年动乱的末尾,国民经济到了崩溃的边缘。路遥以不动声色的方式否定了无法满足人民群众最基本生存需要的时代,并以此作为叙事的起点,展现了转型期社会的巨大变动。路遥说:“我对中国农民的命运充满了焦灼的关切之情。我更多地关注他们在新生活过程中的艰辛与痛苦,而不仅仅是到达彼岸后的大欢乐。”《平凡的世界》展现的就是普通平凡之人的奋斗史,无论是孙少安扎根乡土的创业,还是孙少平渴望外在世界而为之付出的努力,无不带有着必然性的坎坷与曲折,他们的梦想与追逐因此而带上了沉重的负担,但是这种苦难与坎坷也使他们的奋斗显现出迷人的光彩。

巴金说:“我想一部优秀作品的标志,总是能够给读者留下一两个教人掩卷不忘的人物形象。”路遥在《平凡的世界》中就给我们留下了久久难忘的、具有魅力与感召力的人物,孙少平、孙少安尤其是能够进入当代文学形象画廊的形象。孙少安、孙少平这对兄弟是农民的儿子,在他们身上有着农民的质朴、勤劳、善良的本性,同时社会的转折也给予了他们追逐梦想的机会,使他们能够摆脱贫穷的生存状况,能够改变父辈面朝黄土背朝天的生活方式,以自己的努力融入变革的时代潮流中。孙少安心地善良,有担当、有主见、有责任感,他十三岁辍学,和父亲一起挑起全家的大梁,默默承担起生活的重压,在他身上,淋漓尽致地体现了传统农民对生活的坚韧。同时,孙少安也是农村改革的弄潮儿,他虽然选择了扎根乡土,但是却认识到单纯依靠农业无法实现脱贫致富的梦想,于是尝试去承包砖厂,由此走上农民企业家的道路。孙少平代表了青年农民的另外一种奋斗方向,那就是逃离乡村进入城市(不论是县城还是省城),去追赶现代化的步伐。《平凡的世界》自始至终都在讲述孙少平追逐城市的拼搏与努力。路遥说:“我的生活经历中最重要的一段就是从农村到城市这样一个漫长而复杂的过程,这个过程的种种情态与感受,在我身上和心上都留下深深的印记,因此也明显地影响了我的创作活动。”《人生》如此,《平凡的世界》也不例外,路遥的生命体验决定着他的题材与主题选择,也决定了人物形象的丰富内涵。

《平凡的世界》是在对主人公孙少平的生活窘境描述中拉开序幕的,高中生孙少平每顿只能吃两个焦黑的高粱面馍,连五分钱的清水煮萝卜也吃不起。物质生活上的贫困伤害了他的自尊心,使他因此而感到痛苦,“他愿自己每天排在买饭的队伍里,也能和别人一样领一份乙菜,并且每顿饭能搭配一个白馍或者黄馍。这不仅是为了嘴馋,而是为了活得尊严”。然而,一个少年这一点可怜的要求都无法实现,他要在自卑中度过自己的学生时代,这对孙少平来说是残酷的。路遥的小说中一直在表达一种苦难意识,《平凡的世界》的开篇就展示了孙少平的苦难境遇,而且这种苦难与孙少平如影随形。从现实的角度讲,人为了生存或是为了更好地生存,总是会在物质和精神的不同层面上遭受许多艰辛与苦难,所以孙少平的处境对于转型期的中国人来说具有普遍性。但是如果路遥只写了苦难,而没有写主人公如何面对苦难、超越苦难,那么《平凡的世界》也不会如此感染人,成为激励一代人的文学作品。路遥说:“不要怕苦难!如果能深刻理解苦难,苦难就会给人带来崇高感。”面对苦难,或苦难本身,我们也可以从中发现生命的意义,直面苦难并在困难中焕发生命能量,人便牢牢地掌握住自己的命运。孙少平、孙少安等人的奋斗过程，就是战胜苦难实现自我拯救的过程，这也可以看作是一个民族从动荡灾难中走向复兴的形象隐喻。

因为贫困，十三岁的孙少安不得不辍学回家与父亲一起扛起家庭的重担，苦难过早地夺走了他的童年与读书梦想，在生活苦难中成长起来的孙少安，不仅能够保持其善良、坚韧的农民本色，而且他的见识、能力也使他能够超越自身局限，顺应并引领时代的潮流。作为生产队长，孙少安率先实行了联产承包责任制，在深刻认识到无商不富之后，他进城拉砖赚钱完成原始积累建窑烧砖，成了公社的“冒尖户”。对于家庭，他毫无怨言地奉献自己的一切，供养父母，扶植弟妹；对于婚姻，他能清醒地看到与润叶的距离，忍痛吞下爱情的苦果，主动割断浪漫的情丝，决然寻找一个能与他一起脚踏黄土、艰苦创业的农村姑娘；对于社会，孙少安没有为富不仁，他出资捐建小学校舍。苦难没有压垮孙少安，反而把他磨砺得光彩照人，在儿子、长兄、丈夫、领头人几种角色中，他都很好地履行了自己的职责。孙少安的敦厚博爱仁义与新时代的生产生活方式结合在一起，使他成为生长在农村大地上的新人。

如果说孙少安执着于乡土，生命永远与土地相连结，并用生命能量点亮了乡村世界的话，那么孙少平则表现出更多的不安于乡土、不安于传统农民生活方式的开拓精神，他的奋斗代表了农民中青年一代对于现代文明的追逐。在县城高中读书的孙少平物质窘迫，但并没有因自卑而沉沦，即使是高考落榜，回乡参加农业生产，他依然对知识与外在世界保持着深切的渴望。青春的梦想激励着孙少平，使他勇敢地去“闯荡世界”，从揽工汉到建筑工到煤矿工人，他用务实的行动赢得了体制的接纳。纵观孙少平的奋斗史，我们能够发现，这是一条绝对有别于《人生》中高加林“投机取巧”方式的脚踏实地的追寻。在这个过程中，虽然孙少平一直处在社会的底层，但是他从来都没有降下精神世界高蹈的旗帜，他从来都没有泯灭自己的理想。他对待任何可以改变自我的机会都异常在乎，对待任何一份工作都兢兢业业，对于孙少平来说，工作不仅是为了解决饭碗问题，而且是他接近理想，实现心灵世界圆满的手段。

在黄原城打工，孙少平不以干体力活为苦，用汗水换来微薄的报酬，养活自己并接济家人；在煤矿，他不像其他一些官家子弟那样吃不了苦，受不了罪，他下井最多，挣钱也最多。孙少平完全也可以像孙少安那样在乡土中寻找到财富，但是他选择了一条相当艰难的道路，这都是因为他改变命运的执着理想。高中毕业时，田晓霞半是调侃半是忧虑地对孙少平说，“我生怕我过几年再见到你的时候，你已经完全变成了另外一个人。满嘴说的都是吃；肩膀上搭着个褡裢，在石圪节街上瞅着买个便宜猪娃；为几根柴火或者一颗鸡蛋，和邻居打得头破血流。牙也不刷，书都扯着糊了粮食囤……”其实对于孙少平来讲，他唯恐自己会变成田晓霞说的那样，虽然他肯定地回答了田晓霞，“我不会变成你描绘的那种形象”。但是如何抗争命运，他并没有规划也没有把握。然而，一股在内心深处奔突的理想之火使他充满燃烧的渴望，“我不是为了扬名天下或挖金子发财。不知为什么，我心里和身上攒着一种劲，希望自己扛着很重的东西，在一个不为人所知的地方，不断头地走啊走……或者什么地方失火了，没人敢去救，让我冲进去，哪怕当下烧死都可以……”孙少平把“闯荡世界”的过程当作自己的“炼狱”，唯有由此才能平息燃烧的生命之火，所以即使在恶劣的条件下，他也从未萌生过放弃理想的念头。

在“文革”之后的信仰缺失中，路遥树立了孙少平相信未来并为之执着奋斗的平凡偶像，同时在经历动荡年代人与人之间冷漠甚至敌视的现实下，《平凡的世界》展现了人与人之间情感的美好，作家用温情唤起了读者心底久藏的情感需要。对美好情感的叙述与赞颂是《平凡的世界》的一大主题，无论是家人、邻里、恋人、伴侣之间，都以热情去营造和谐而温暖的氛围。与物质上的贫困相比，孙玉厚家那种和睦的家风更令人印象深刻，他们都互相体谅，为别人着想，比如孙玉厚夫妇深为不能及时给孙少安娶亲而感到愧疚，而孙少安却没有丝毫的抱怨，反而只想着多挣工分过日子供弟弟、妹妹上学；孙少安不惜高额投资，甚至是冒着破产的风险扩大砖厂规模，这样才能更多地解决乡亲的就业，在传统的睦邻友善中加入了照应与帮扶内容；田润叶嫁给李向前并不心甘情愿，婚后徒有夫妻之名，但是在李向前出车祸后，她毅然转变心态，担当起一个妻子应尽的责任。对于爱情的描写，《平凡的世界》写出了男女之间最纯洁真挚的情感，这其中尤其是孙少平与田晓霞的爱情更为人称道。与孙少安因为家庭门第而选择压抑自己、拒绝田润叶不同，孙少平依从本心接纳了田晓霞的爱，并倍感珍惜、小心呵护。田晓霞没有因为身份差别而嫌弃孙少平，她看中的是他身上那种燃烧的理想光芒，这比出于世俗功利考虑的爱情更加纯粹；孙少平享受这种爱情，他在田晓霞的爱情面前没有丝毫的自卑与怯懦，因为在孙少平的追逐的理想中，必然包括田晓霞这样有才华，而又敢爱敢恨的女人的。在《平凡的世界》中，路遥是带着对生活的赞美之情来写这一时期的情、景、人物的。作家说："我写这部作品，曾无数次地被作品中人物的高大心灵、高尚行为打动而落泪。我相信任何一位读者在通读这部大作时，都会被书中颗颗高尚的心灵感动而落泪。"唯有质朴才更具有打动人心的力量，路遥没有煽情而是用平静的叙述，让我们见识到了这个世界的温暖。同时《平凡的世界》通过一个个思想健康的人的行为，为我们提供了一套可以依从的道德准则。

在《平凡的世界》中，路遥不仅关注了孙少平等农村青年人奋斗道路的曲折，而且更展现了他们的脚踏实地、昂扬向上的进取精神。这契合了八十年代因渴望与梦想而激发的理想主义精神，所以《平凡的世界》受到了各方的认可、追捧与尊重。这部小说鼓舞了那些徘徊在理想与现实、奋斗与失落、期冀与迷茫之中的人，为转型期的中国社会提供了正向价值引导与影响，其社会效应无疑是广泛而深刻的。在 1991年《平凡的世界》获得第三届茅盾文学奖之前，甚至第三部尚未全部完成之时，中央人民广播电台就以连播的形式播出了此书。谈到自己为什么选择了拼命写作时，路遥回忆说，当《平凡的世界》第一部是书、第二部是打印稿、第三部才是稿纸上的初稿时，中央人民广播电台就决定开始播出全书，所以"这种非同寻常的信任，使我不能有任何一点懈怠。当我

路遥

从桌面的那台破收音机上听到中央人民广电台李野墨用厚重自然的语调播送我的作品时，在激动中会猛然感到脊背上被狠狠抽了一鞭，我会赶紧鼓足力气投入工作。我意识到，千百万听众并不知道这部书的第三部分还在我的手中没有最后完成，如果稍有差错，不能接上茬而被迫中断播出，这将是整个国家的笑话”。

路遥早已去世多年，中国也发生了天翻地覆的变化，但对于《平凡的世界》，却始终有一代又一代的读者，特别是很多年轻的读者，热切、投入地读着这本书，甚至把这本书列为对自己人生影响最大的文学作品之一。在近些年的多次读者调查中，《平凡的世界》的受欢迎程度在中国当代文学类，甚至在整个中国文学类中都名列前茅。

坚守承担 1990 年代

《渴望》

文学类型：电视剧

导演：鲁晓威（1952— ）、赵宝刚（1955— ）

上映时间：1990 年 12 月

主题精神：对幸福生活的渴望，对高尚品德的赞颂，对信念理想的坚守

记忆因子：生活的坎坷，品德的高尚，美好生活的渴望

关键词：爱，感动，渴望，精神

1990 年代以来，随着中国经济体制市场化进程的加快和改革开放的日益扩大，文化市场在国内迅速发展和扩大，电视机逐渐出现在人们的家庭中，针对于人们精神方面的需求，电视剧的产生和发展符合人们的精神需求，电视剧逐渐开始进入人们的视线，并走进每户人家。

我国电视剧诞生在 1950 年代末，以 1958 年的第一部直播电视剧《一口菜饼子》为标志。随后的几十年里，中国出现了一系列各种题材的电视剧佳作，如《新岸》（1981）、《赤橙黄绿青蓝紫》（1982）、《高山下的花环》（1983）、《今夜有暴风雪》（1984）、《四世同堂》（1985）、《凯旋在子夜》《雪野》（1986）、《乌龙山剿匪记》《便衣警察》（1987）、《篱笆·女人和狗》（1988）、《上海的早晨》（1989），等等。进入 1990 年代后，在

大众文化迅速发展的态势下，我国的电视剧产业进入了稳定发展的阶段，1990年，出现了第一部大陆拍摄的室内长篇家庭生活题材电视连续剧《渴望》。此前，室内拍摄的长篇电视连续剧在大陆还没有，北京电视台播出的这类电视剧，大部分是我国香港、台湾生产拍摄的，还有部分作品是从拉美国家如巴西、墨西哥引进的。为了我们能够自己创作出室内电视连续剧，1988年下半年北京电视艺术中心将这项工作提上了日程。年轻编剧李晓明和郑万隆、王朔、郑晓龙等共同合作、创作剧本，并定名为《渴望》。剧组人员一边编故事，一边找拍摄场地，后租用香山脚下的一个篮球馆，于1989年8月21日正式开机。总导演鲁晓威、总摄像毕建华等一批主创人员都是当时北京电视艺术中心的业务骨干，著名演员李雪健、张凯丽、蓝天野、韩影、黄梅莹、郑乾龙、孙松、吴玉华、庞敏等都担任重要角色，并以他们的出色表演，把人们对爱情、亲情、友情以及对美好生活的向往，展现得刻骨铭心。全剧拍摄过程中，剧组全体人员克服了在技术、设备等方面的许多困难，以诸多大胆的尝试和成功的探索，开创了我国大陆室内电视剧拍摄、制作的先河。1990年11月15日，50集大型室内电视连续剧《渴望》在北京电视台第一套节目正式播出，在社会上迅速产生了巨大的社会效应，不仅成为中国电视剧发展史中具有历史性转折的一个里程碑，而且创下一个时代的荧屏神话。

电视剧《渴望》从两个截然不同的普通家庭切入，循着丢、找、养、还小芳的情节脉络，展开了人际关系的纠葛，抒写了世间的人情冷暖和恩怨情仇。故事一开始讲述的是“文革”期间一段复杂的恋情：车间副主任宋大成和来厂劳动的大学毕业生王沪生都喜欢年轻漂亮的女工刘慧芳，这让刘慧芳感到左右为难，因为她不知道该选择谁，宋大成于她有恩，但王沪生正身处困境，最终慧芳不顾家庭、社会的种种阻力毅然决然地与沪生结为夫妻。王沪生的父亲是著名学者，在“文革”初期被抓后一直下落不明，母亲因悲伤过度病发去世。姐姐王亚茹是一名医生，在送别未婚夫罗冈去干校后发现自己已有身孕，但她没有听从罗冈的劝阻，偷偷生下了女儿罗丹。一天罗冈突然深夜回京，带女儿悄然离去，并留下一封信告知自己的艰难困境，请亚茹忘掉他。而罗冈在逃亡的路上，却将女儿丹丹丢了，后来被慧芳的妹妹燕子捡到，慧芳不顾母亲的劝阻收养了丹丹，沪生虽极不情愿，但迫于慧芳的坚持只好同意，取名刘小芳。一年后，他们有了自己的儿子王东东。刘慧芳和王沪生结婚使得宋大成非常失望，便与刘慧芳的好友但却毫无感情可言的徐月娟结了婚。“文革”结束，沪生的父亲得到平反，全家决定搬回小楼。亚茹自视自己是知识分子而看不起女工慧芳，又以小芳不是王家亲骨肉为由对慧芳百般刁难，但慧芳并没有屈服，宁愿不进王家门，也坚持不抛下女儿小芳；沪生的初恋肖竹心回到北京，慧芳恍然大悟后坚持与沪生离了婚。小芳偷偷去见爷爷，不小心掉进工地陷阱而瘫痪。燕子的大学老师竟是罗冈，他被慧芳伟大的母爱深深感动，并与小芳建立了深厚的感情，后来偶然间发现小芳原来就是自己丢失的女儿丹丹。这时的亚茹已幡然悔悟，希望治好自己女儿的病，她经过几年的刻苦钻研终于治愈了小芳的瘫痪。生活再次迫使慧芳作出痛苦的选择。

女主人公刘慧芳是集东方女性美德于一身的一位普通劳动妇女,由于父亲过早去世,她作为家中的长女,体谅母亲的难处,16 岁便离开心爱的学校当了工人,担起照顾弟妹的重任。自身的不幸经历使她容易体会、同情别人的疾苦和困难,养成了善良、贤惠、宽人克己的品德,柔中有刚、刚柔相济、自尊自爱的性格,以及积极向上、自强不息、坚守承担的可贵精神。刘慧芳在自己的婚姻问题上冲破家庭、社会的种种阻力与沪生结婚,并在沪生身处困境时无所顾惜地给了他无尽的关爱与支持。刘慧芳始终对宋大成充满感激与歉意,保持着小妹对长兄一般的情同手足的关系,这些都表现出了她善良、真诚、贤惠的美德。在对待养育捡来的孩子小芳的态度上,刘慧芳表现出常人难以做到的高尚品格。她身为恋爱待婚的年轻姑娘,不顾社会的闲言碎语和误解,毅然收养小芳,担负起母亲的责任。面临几次送出孩子的机会,她都视同自己亲生一样,把孩子抱回来继续收养。当王亚茹歧视小芳、不让小芳进入王家,慧芳看到自己与王沪生的思想距离与感情裂痕,果断地与王沪生分手。当小芳瘫痪后,她为给小芳看病而卖血,并且为照料小芳而辞了工作。当得知小芳的亲生父母是罗冈和王亚茹后,她并没有计较个人恩怨而把有病的小芳弃之不理,在小芳病愈长成亭亭玉立的少女后,她又不顾自己瘫痪在床,毅然地把小芳送还给罗冈和王亚茹。《渴望》在塑造女主人公刘慧芳这一形象时,其重心并没有简单地停留在家庭人物的心理纠葛上,而是以此作为契机,进一步把握深层的人物情感脉络,突出人物在对幸福生活的追求过程中那种积极向上、自强不息的可贵精神，并挖掘出人们心灵深处的美好而又崇高的东西。

宋大成是《渴望》中又一生动鲜明的形象，他淳朴、诚恳、善良，有着一颗善良的心，在对待恋爱婚姻等一系列矛盾纠葛中，表现出了高尚品格。他真诚地爱着刘慧芳，也像对待自己的亲人一样，关怀照料着刘慧芳的母亲和弟弟、妹妹，当他知道自己不能与刘慧芳在一起的时候，他善意地去成全刘慧芳和王沪生。每逢刘慧芳和刘家遇到痛苦和磨难时，他都挺身而出，帮忙四处奔走。他的胸襟坦荡正好与王沪生的心胸狭隘、自私、利己就好形成了鲜明的对比，表现出崇高的精神境界。他的这种品格不仅表现在对自己所爱的刘慧芳身上，还表现在对自己不爱的妻子月娟身上。剧中有他与月娟的多次争吵，他总是表现出极大的忍耐和迁让，体现了他做人的准则——“凡事不愿让别人为难”。《渴望》的结尾，当宋大成听了徐月娟的真心话语后，他的心被深深地打动，开始反思自己的精神困苦给月娟带来的不幸，感受到了妻子月娟内心的痛苦，从此多了许多对于月娟的理解。宋大成为人处世虽然有一些愚钝，但只要是和他相处过的人，都能感受到他的好，并因此能彼此推心置腹，并逐渐成为好友和知己，情同手足，这是人际交往中最难得最可宝贵的品德，也是现实生活中正渐渐失落而被人们苦苦寻觅的财富。宋大成在电视剧中是被赞扬的人物，也是观众喜爱的重要角色，因为这个人物形象符合广大观众的审美需求和心中对真诚生活的渴望。

《渴望》中还有许许多多的人物形象，例如作为普通家庭劳动妇女的刘大妈，受到观众反感和贬斥的王沪生，王沪生的医生姐姐王亚茹，普通女工徐月娟，刘燕、刘国强、田莉、罗冈等等，他们都是具有鲜明个性的人物形象，虽然他们经历不同，性格各异，但都抒发和表达了他们渴望追求幸福生活的信念和理想，在追求的过程中显现出他们积极向上、自强不息、坚守承担的可贵精神，这些心灵深处的美好而又崇高的精神正是本剧所要彰显的主题思想。

从电视剧《渴望》本身的角度来看，它开创性地以写实的视角直面社会动荡和世间真情，其故事发生的时间，始于“文革”，终至“改革开放”，在时间的大幅度跨越中，该剧从两个截然不同的普通家庭作为切入点，紧紧抓住人物的情感线索，例如主人公刘慧芳对小芳、对王沪生、对家庭、对宋大成的情感等，都道出了世间的人情冷暖和恩怨情仇，也都是十分耐人回味的看点。从观众的角度来看，剧中的人物对渴望的幸福生活都抱着信念和理想，他们所显现出的积极向上、自强不息、坚守承担的可贵精神，感染着观众，使观众从中获得了巨大的心理安慰和精神动力。

《渴望》播出后产生了强烈的社会效应，并取得了巨大的成功，该剧分别于 1991 年获得第九届大众电视金鹰奖优秀连续剧、第十一届飞天奖优秀长篇电视剧等多项大奖。1990 年该剧还在越南播出，同样受到越南人民的欢迎和喜爱。随着电视剧一起被广为流传的还有该剧的两首主题歌，它们分别是《渴望》和《好人一生平安》，是由北京电视艺术中心作曲家雷蕾为《渴望》饱含激情谱写的，两首歌曲情真意切，暖人心怀，给这部电视连续剧增添了巨大的感染力和吸引力，两首歌曲流传至今，依然被老百姓广为传唱。

作为人们记忆中的经典，《渴望》演绎出了人生在世的苦与乐，反映出世间的人情冷暖，剧中人物尽管经历不同，性格各异，但是都对渴望的幸福生活抱有着信念和理想，同时所显现出的积极向上、自强不息、坚守承担的可贵精神正是我们社会发展中所需要的。无论时代怎样变化，精神是永不变色的，当我们在生活中无论遇到什么样的顺境与逆境，都要像剧中人物那样，忘掉过去的恩恩怨怨，怀着这些可贵的精神去面对现实的生活，并抱着对新生活的渴望，勇敢地迎接未来的挑战。

电视剧宣传海报

《我与地坛》

文学类型:散文

作者:史铁生(1951—2010)

首发刊物:《上海文学》

发表日期:1991 年第 1 期

主题精神:大众化商业化的时代里找到并铭记健康积极的价值理想

记忆因子:市场经济下,知识分子群体感到"精神危机",双腿瘫痪的史铁生坚守承担与重塑价值理想

关键词:我与地坛,史铁生,价值理想

1990 年代,中国的改革开放进入全面的实践期,实现"现代化"从 1980 年代的计划经济调整转变为广泛的市场实践,市场化、市场经济成为实现"现代化"的一个标志。这一年代的文学,承续着此前对当代确立的文学规范不断瓦解的趋势继续发展,但与 1980 年代不同的是,种种 1990 年代里产生的文化现象的解释和争论,很难在主流文化群中达成"共识","文化经济"使得文化和政治出现了疏离,文学在创作中开始适应"文化经济"的发展,为市场所选择。在这样的背景下,"大众文化"、"通俗文化"迅猛发展并产生了一套完整的产业化运作方式,禁忌、私密、苦难和展现欲望题材的作品受到热捧。以往那些具有艺术代表性、"高雅"的诗人、作

家等文化身份普遍出现“兼职”现象，在客观市场需求和巨大的经济效益驱动下，不少作家离开纯文学创作而进入亚文学、消费性创作。

社会主义市场经济助推下的社会转型，让知识分子看到了现实的残酷和理想的差距，感受到了启蒙理想的挫败和失落，而文学创作也渐渐成了文化消费的一部分，成了可以估价的商品，这种影响使得知识分子群体中产生了强烈的“精神危机”。在“文化产业”、“文化消费”这样的时代潮流下，仍有一部分作家坚持着去剥离复杂纷繁的政治外壳，从艺术、文化世界中寻找维系人生存意义与价值的资源，关注生存的精神性问题。这些作家大多有类似的经历——成名于1980年代，经历过“知青”的生活。

在这些关注人类生存的精神性作品中，有长篇小说，也有较多引人思考、耐人寻味的哲思散文，史铁生的《我与地坛》就是这些耐人寻味哲思散文中一个具有代表性的作品。中学毕业两年后的史铁生下放到陕西“插队”，其间因为突发的疾病致使双腿瘫痪，这时的他年仅20岁。和身体健康的作家相比较而言，这个突然的打击让史铁生的创作更多了一层对命运灾难的体验。散文《我与地坛》便是对作者从刚刚经受双腿瘫痪性格暴躁“闯”入地坛到地坛最终成为他的精神家园的书写。

“园墙在金晃晃的空气中斜切下一溜荫凉，我把轮椅开进去，把椅背放倒，坐着或是躺着，看书或者想事，撅一杈树枝左右拍打，驱赶那些和我一样不明白为什么要来这世上的小昆虫。”经受如此飞来的横祸，一般人都难以接受，何况当时的作者是个年轻充满激情和力量的男儿。面对这样的打击，作者低沉过，绝望过，经常一个人推着轮椅到地坛那个未经旅游开发的园子里逃避现实、躲避生活，甚至萌生过死的念头，“记不清都是在它的哪些角落里了，我一连几小时专心致志地想关于死的事，也以同样的耐心和方式想过我为什么要出生。这样想了好几年，最后事情终于弄明白了：一个人，出生了，这就不再是一个可以辩论的问题，而只是上帝交给他的一个事实；上帝在交给我们这件事实的时候，已经顺便保证了它的结果，所以死是一件不必急于求成的事，死是一个必然会降临的节日”。但他并没有放弃活着的希望，因为他明白，人活着其实是一个心灵安顿的过程，把心安顿好了，祛除“我执”，对于身边纷繁复杂的事物自然看得透彻，想得明白，不会再为某一事情的苦苦追寻不得而苦恼，存在即不再是艰难的苦难。

1980 年代的知识分子对“现代化”寄予了美好愿望和憧憬，然而 1990 年代初市场经济的真实面目还是给了知识分子一个巨大的惊吓。这种巨大的社会变革增强了知识分子中的“精神危机”感，面对“存在”、“生与死”这些人类亘古、原始的问题，作为时代精神家园建设、价值塑造的知识分子，有人追随了时代的大潮，也有人在坚守，寻找生存的价值理想。死既然是一个必然会降临的节日，毋用再担心它，对于每一个活着的人更多关注的便应该是怎么活、如何活好的问题。

年轻时的作者在经历失去双腿的苦难后，试图逃避现实生活，这偶然的逃避，为其赢得了地坛这片安静、空旷的净土，在这样的环境中思考，他认识到活着就不必急于寻死，也明白了既然活着，自己的生活、自己的苦难就该自己来承担。“我可以断定，以她的聪慧和坚忍，在那些空落的白天后的黑夜，在那不眠的黑夜后的白天，她思来想去最后准是对自己说：‘反正我不能不让他出去，未来的日子是他自己的，如果他真的要在那园子里出了什么事，这苦难也只好我来承担。’”借着对母亲的追思，作者由一种出自母亲的口吻说出了自己多年后对于苦难、对于现实的生活感受。“儿子的不幸在母亲那儿总是要加倍的”，透过这份思念，我们看到了一位瘦弱的头发花白的母亲穿行于地坛，默默承受，含辛茹苦，个中也饱含了一个因为年少而不懂得珍惜的儿子对母亲的悔恨自责和内疚。“在老柏树旁停下，在草地上在颓墙边停下，又是处处虫鸣的午后，又是鸟儿归巢的傍晚，我心里只默念着一句话：可是母亲已经不在了。”这种愧疚和自责是母亲过世后作者强烈的感受，在这十多年来作者一直坚持到地坛去，除了有一个安静的环境可以静静地思考，更多的是去搜寻母亲当年的脚步，去感受回味那份深沉伟大的母爱。

《我与地坛》以散文这种灵活自由的体裁，将抒情、写景、叙事巧妙地结合，抒发了自己对生的感悟。地坛历经几朝兴衰，一直静静地在那里，“四百多年里，它剥蚀了古殿檐头浮夸的琉璃，淡褪了门壁上炫耀的朱红，坍圮了一段段高墙又散落了雕栏玉砌”，园子的颓败，像是自己命运的遭遇，仿佛就是在等着自己的到来。时间的洗礼，昔日皇家园林的辉煌已经消逝殆尽，可是“蜂儿如一朵小雾稳稳地停在半空；蚂蚁摇头晃脑捋着触须”，“露水在草叶上滚动，聚集，压弯了草叶轰然坠地摔开万道金光”。“满园子都是草木竞相生长弄出的响动，窸窸窣窣片刻不息。”没有人为雕琢的气派和庄严，园子里依然是生机一片。文中动景与静景的结合，把一座古老而充满生机的地坛呈现在读者的眼前。

作者书写自己的真实经历，再将这些经历呈现于读者眼前，是在其和地坛结缘十五年后，作者将这十五年间目睹的人和事都写进了作品，在叙事中抒情。一位步履茫然又急迫的坚韧母亲；一对让作者见了不由得想起冉阿让和珂赛特的夫妇，“男人个子很高，肩宽腿长，走起路来目不斜视，胯以上直至脖颈挺直不动；他的妻子攥了他一条胳膊走，也不能使他的上身稍有松懈。女人个子却矮，也不算漂亮”；一个热爱歌唱、充满激情的小伙子，“他的年纪与我相仿，他多半是早晨来，唱半小时或整整唱一个上午，估计在另外的时间里他还得上班”，“依我听来，他的技术不算精到，在关键的地方常出差错，但他的嗓子是相当不坏的，而且唱一个上午也听不出一点疲惫”；一个爱喝酒“走上五六十米路便选定一处地方，一只脚踏在石凳上或土埂上或树墩上”的老头；一个“单等一种过去很多而现在非常罕见的鸟”的捕鸟汉子；一个“我以为她必是学理工的知识分子，别样的人很难有她那般的素朴并优雅”的女性；一个大脑发育障碍的小姑娘和他的一个有天赋却没有被上帝眷顾的长跑家朋友。这些人虽大多是熟悉的陌生人，但共同组成了作者在地坛的生活。这里的生活澄清了作者的心灵，能够思考“母亲盼望我找到的那条路到底是什么”。在这里作者体悟到了命运的苦难和挫折，“我用纸笔在报刊上碰撞开的一条路，并不就是母亲盼望我找到的那条路”，而是面对苦难依旧坚强生活的一条路。幸福只有一个，不幸却千差万别，有死的勇气为什么不能更坚强地活着呢？要知道正是这些不幸才凸显了生命的可贵。这时的作者思索出了生存的意义和价值，并从自我的个体生命去观照宇宙生生不息的奥秘。

《我与地坛》突破了常态下的抒情散文创作，它从真实的生活出发，像一篇散点式的自传，在这篇“自传”中通过生活中的几个极其平凡的片段，向读者述说自己的故事。在讲述自己遭受苦难和打击时，方式和美，神情冷静，而在述说对母亲的思念和追悔时，情感又是如此的深沉，后来被节选进了中学语文教材中。

抒情性作品是作家对其主体心灵世界的呈现。《我与地坛》坦诚地表现自己，以自己的感悟来启发读者，其朴实的叙述口吻，消除了一般散文的滥情，也避免了教条式的说教，实现作者和读者的交流沟通，其对于生命和苦难、存在的价值和精神追求为读者理解、接受，在读者与文本的对话中，达到共鸣。

文学作品的创作动机主要有交流消遣、宣泄倾诉和志向的诉说等。1990年代文学呈现出大众化、通俗化的特点，知识分子创作受市场经济的影响，创作主体更多地考虑市场的需求和“商品”的效益，有许多满足文化消费的猎奇、窥探隐私、消遣的特点。《我与地坛》则是通过对自我的展现，倾诉自己的情感，用我来和世界交流。

“我来的时候是个孩子，他有那么多孩子气的念头所以才哭着喊着闹着要来，他一来一见到这个世界便立刻成了不要命的情人，而对一个情人来说，不管多么漫长的时光也是稍纵即逝,那时他便明白,每一步每一步,其实一步步都是走在回去的路上。”人走在平坦广阔的大道上,总是盼着前方更美丽的风景,尽管知道最终的归宿,但路途上依然欢欣,只有遇到坎坷的时候才会去思考公平与不公平。“世上的很多事是不堪说的。你可以抱怨上帝何以要降诸多苦难给这人间,你也可以为消灭种种苦难而奋斗,并为此享有崇高与骄傲,但只要你再多想一步你就会坠入深深的迷茫了:假如世界上没有了苦难,世界还能够存在么?要是没有愚钝,机智还有什么光荣呢?要是没了丑陋,漂亮又怎么维系自己的幸运?要是没有了恶劣和卑下,善良与高尚又将如何界定自己又如何成为美德呢?要是没有了残疾,健全会否因其司空见惯而变得腻烦和乏味呢?”当大家都能够得到公平,那么公平因此而失去了其意义。命运没有公道,科学因为辩证而科学,命运因为迥异而精彩,悲剧的命运在死亡这个终点得以解脱,显达的一生在死亡那里被划上句号。不同的命运都是自然规律开出的花,而这花的美丽与否全在于自我的欣赏。“物执”让我们无法抛却名与利,“我执”使得自己深陷难以自拔,命运的价值在于个人的智慧,“物执”和“我执”的放弃,苦难便也是欢乐的,审“丑”也同样是享受。

在那个以长篇小说定成就的年代,《我与地坛》没有像小说一样述说着刺激惊险的故事,也没有去窥探他人的秘密,而是以自身的经历和感悟去思考,并将这些思考和大家分享。它所表达的情感和感悟,具有普遍的生活哲理,具有个体看待生命的思辨力、观察生活的洞察力和存在的审美感受力。

史铁生

在1990年代为迎合消费市场，文学创作的诸多体裁被赋予新的形式和写法的时候，《我与地坛》依然一如既往，坚守着纯粹的创作，以散文这种优势于写景抒情的文体，书写着自己的真实感受。它无意成为时代的标杆，可它在文学大众化、商业化的时代里却引领着“精神危机”的人们去思考存在的价值和理想。

《贫嘴张大民的幸福生活》

文学类型:中篇小说,电视连续剧

作者:刘恒(1954—),沈好放(导演)(1953—)

小说发表刊物:《北京文学》

发表时间:1997 年第 10 期发表,2000 年播出

主题精神:普通人生活状况的细致描写,乐观向上的生活态度

记忆因子:脚踏实地的平凡生活,知足常乐的生存哲学

关键词:贫嘴张大民,北京市民,琐碎生活,脚踏实地,乐观向上

1990 年代是中国发展的黄金时代。改革开放后,我国的政治、经济、文化、社会建设蓬勃发展,城市和农村的经济水平和社会水平大幅提高,各项政策措施切实地促进了人民生活水平提高,中国人民开始以开阔的视角面对新生活和新世界。在物质生活得到满足的同时,人们开始以全新的姿态去认识自我,追求精神的满足与闲适。特别是"以人为本"观念的提出,使以前注重经济指标的数字衡量中国的时代开始转变为以人的价值实现和进步衡量中国发展的新时代。政治、经济、文化、社会等诸多领域更加表现出对人特别是中国老百姓这些普通人生活状况和精神文明的重视和关注,使他们能切实地享受到改革和发展的成果,深刻地意识到自身的物质需求与精神价值,成为一个新时代的中国人。同时将普通人身上脚踏实地、勇于承担、乐于奉献的优秀美德加以弘扬和传播，构建健康积极的价值理想和社会理想，推动我国经济社会的发展和进步。

新写实小说就是这种时代背景的产物。其发展不再是以前小说注重宏大的历史叙事和英雄人物的塑造，而是将文学的视角转向了普通人的生活状况，描绘普通人日常生活的吃穿住行、喜怒哀乐、人情冷暖。“零度视角”的记述者模式成为了连接文学与人们日常生活最好的桥梁和纽带，这种现实状况的真实展示得到了读者的共鸣，他们从这种文学的世界里找寻到了自己日常生活的影子和现实自我价值的认同，新写实小说也由此对当代文学的发展有了重要的意义。在新写实小说中，其塑造的主人公大都是生活中的普通人，他们在人格上既不高尚也不卑鄙，在道德上既不大善也不是大奸大恶，作者对于这些普通人从生活琐事上所展现出的朴实勤劳、踏实肯干、乐观向上的健康积极的价值理想给予了高度的关注和赞扬，他们就是我们生活中随着时代的进步而不断前进的中国人，又在现实生活中依然秉承着传统文化和道德的普通人。

贫嘴张大民就是这样一个人。

贫嘴张大民是刘恒在 1999 年写的一部中篇小说里的人物，身高 1 米 61，穿着鞋 86 公斤，走起路来就像个球，他年轻的时候父亲在锅炉爆炸事故中不幸去世，母亲在精神上受到了巨大刺激患上了严重的烧心病，家里面姊妹五个挤在一个二十多平米的“汉堡包”里，人多的时候连转身都有点困难。张大民以前是沉默寡言的，但是父亲的死刺激了他使他成为了一个彻头彻尾爱耍贫嘴的人。也正是靠着这贫嘴计算出李云芳厂子馄饨的价格和她要是为情自杀带来的巨大损失，从而俘获了胡同里最漂亮姑娘的芳心。但是问题也随之而来，原本狭窄的"汉堡包"不得不接受新成员的加入。在这个现实问题上，并没有难倒他，贫嘴张大民的贫嘴和幽默反倒是更加突出。"再过一个月我就要结婚了。本来说好再过三个月结婚，可是我等不及了。水不是一下子烧开的，不小心一下子烧开了，也只好灌到暖壶了，盖上盖儿就踏实了，沏茶还是洗脚，就随你的便了。"靠着这样的贫嘴和精确的公分计算，总算是解决了家里人日常的生活起居问题，还创造性地打造出空中电视，成为新婚里的一段佳话。

但是张大民的幸福生活并没有持续多久就被三民和他女朋友定制的双人床打破了，为了在狭小的"汉堡包"安置这张双人床，张大民差点睡到了茅房里。可惜茅房毕竟不是住人的地方，只能从他自己的卧室里挤出地方并排放上两张双人床，这也给原本安静的生活带来了诸多的不便。正像考上西北农大的五民说的："我找个宽敞地方住一辈子！我受够了！蚂蚁窝憋死我了，喘不过气来。"张大民却说："吃两勺胡椒面儿就不憋了。"五民："哥，我都快憋死了！"张大民："你自己不找死，谁也憋不死你。"五民远走高飞也为家里的"汉堡包"腾出了一丁点的空间，接下来等待张大民的不是幸福生活，而是妻子李云芳一天比一天大的肚子。

为了解决孩子生下来需要更多的住房空间和三民夫妇在一起生活的尴尬，张大民费尽心思想到把自家的院墙拆来，借着院子里的空地方把石榴树盖在房子里建造一个"宫殿”，在建“宫殿”的时候和邻居发生争执，为了能让邻居大妈走过盖房子留下的一米通道，贫嘴张大民给邻居翻砂工算了这样一笔账：“1 米多，你妈过不去？汽油桶都能过去，你妈过不去？你妈腰围 4 尺 4，是腰围！展开了量摊平了量，4 尺 4 当然过不去，一围不就过去了吗？4 尺 4 也甭除 4，也甭除了，你就除以 2，能过不去？两个你妈都过去了！当然，其中一个得侧着身子。亮子，你认为我分析的有道理吗？”为这张大民的头部还挨了重创，为了博取同情，他把自己的脑袋缠成了一个白色的篮球。经过了这样的“挣扎”，总算是建成了经过改造、春意盎然，还能给石榴树浇水的“幸福宫殿”。

“有了自己的房子、房子里还有一棵树，张大民和李云芳就觉得万事俱备只欠东风。他们为肚子里的孩子取名——张树，然后踏踏实实地等着张树准点儿爬出来，与肚子外面的这棵树会会。”为了能满足孩子生下来带来的经济紧张，两人还建立一套由李云芳掌握的财政系统。但是就是这样的省吃俭用，也没有防备到李云芳生下张树不下奶，猪蹄子、鲫鱼吃的再多也是无济于事。为了宝贝儿子，张大民只能买进口的奶粉，花钱如流水的日子开始了。张大民的腰包一天比一天干瘪，李云芳的乳汁还是没有动静，为了催奶，张大民买了王八，张大民：“吃吧，这就是偏方上说的王八膏子了。”李：“对不起。大民，真对不起。”张：“对不起我没事，你得对得起这个王八。”李：“要是还不下奶怎么办？”张：“你说呢？让张树撮撮我的奶头儿试试？”就是到了这个时候，张大民贫嘴的毛病还是没改。不过还好，偏方有用。

为了能让妻子和孩子能吃点好的，张大民选择在张树满月时候忍气吞声向二民和三民借钱，没想到却碰了壁，差点撞的“头破血流”。“张树一辈子只有一个满月，本想吃一次胜利的面条，团结的面条，朝气蓬勃的面条，结果吃成了一次失败的面条，分裂的面条，垂头丧气的面条。”为了挽回颜面，也为了能多挣钱，张大民自愿调整到油漆班，陷入了一股气味强烈、绵绵不绝的油漆的清香之中。“为了能消减油漆味，他们用了很多肥皂，用了很多洗衣粉，还用了不少碱面。可是有什么用呢？什么东西能阻挡幸福的脚步呢？谁也无法阻止张大民用五彩油漆来粉刷他们的幸福生活了。”

幸福的生活总是短暂的，正在全家陶醉在幸福中时，老母亲走失了，费尽周折总算是在河北让民警遇到了走失的母亲，回来去医院一检查，母亲患上了老年痴呆症，妹妹和妹夫的争吵也为家里的生活蒙上了一层阴影，好在有张大民的一个好嘴，总算是解开了妹夫和妹妹争吵的心结，还顺带赚到了妹夫送给他的金光灿灿的 9999 成色的大戒指，“他们的脸上露出了满足而欣喜的笑容，他们过上更加幸福的生活了，不仅如此，他们让妹妹和妹夫也过上幸福的生活了。现在普天之下皆幸福了”。

就在这时，被评为先进工作者张四民晕倒在九院的产房里，确诊为白血病，已经到不能救治的程度，老母亲的痴呆症越来越严重，三民的家庭问题越来尖锐。这是“自从锅炉工被烫死之后，家庭再一次迎来了严重的危机”。尽管这其中包含着张大民升官和老房子拆迁分到新房子的喜事，可是这些和生命的消逝比起来却是一文不值。四民最终没抵抗住疾病的侵蚀，不幸离世。整个家庭陷入到悲情当中。张大民没有得到那本该属于妹妹的三居室房子，还下了岗，可这一点也没有影响张大民的生活，他成功的转行做了暖壶推销员，发了一笔小财，但只是小财。

刘恒的《贫嘴张大民的幸福生活》于1997年第10期《北京文学》上发表，受到了读者的一致认可和好评，小说被《小说月报》等国内数家著名小说杂志转载，1999年华艺出版社更是以“贺岁书”的形式出版了小说单行本。为了满足人民对这部小说的喜爱，同名电视剧和电影《没事偷着乐》相继推出，将贫嘴张大民和他的幸福生活搬上荧幕，成为大家耳熟能详的大人物。贫嘴张大民作为城市中的一名普通人在文学和社会层面都受到关注和重视，这在文学发展中具有重要代表意义，同样他身上所展示出的普通人对于生活的态度和热情对于文学的发展和社会的进步也具有重要意义。

《贫嘴张大民的幸福生活》有三大亮点。一是生活真实和艺术真实实现了完美的统一。在小说的各个段落都能看到生活的影子，生活中常见的事物、生活中常见的人、生活中常遇到的事，都是那样真实，那样生动，再加上主人公面对生活的态度和选择，这就好像我们自己正在经历的生活一样，很多情节的真实化描写成为了贴近读者生活与心灵最重要的桥梁和纽带，这种“亲密感”成为其受到关注和喜爱的重要原因。二是主人公身上所传达出的不管在什么艰苦困难的生活条件下，始终坚持踏实肯干、勤俭节约、乐观向上、知足常乐的态度去生活，宁可自己吃苦受累，也不去求不义之财；宁可自己受委屈，也绝不委屈自己的父母兄弟，是一个勇于承担责任、坚守传统道德的真正的大哥，他始终相信，靠着自己的双手和勤劳的付出，日子会越过越好、越过越幸福，这也是张大民在困难的生活中依然保持自信乐观态度的重要原因，也是张大民作为一个城市小市民、一个普通人的生活哲学。他们没有豪情壮志，没有自私贪婪，没有大善大恶，有的只是默默地坚守着自己的生活，乐观地品尝自己的生活。刘恒笔下的张大民乐观坚守、风趣幽默，始终以一种顽强坚韧的精神力量去战胜纷繁复杂的生活的羁绊，这就有别于同样作为新写实小说代表作品池莉的《烦恼人生》、刘震云《一地鸡毛》对于现实生活煎熬的无奈选择和生存挣扎。“张大民恍惚看到父亲和四民在云影里若隐若现，老的问日子好过吗？小的问孩子可爱孩子幸福吗？待要端详却又飘然不见了。日子好过极了！孩子幸福极了！有我在，有我顶天立地的张大民在，生活怎么能不幸福呢！”“乐观地追求幸福”构成了平凡人平凡生活的本质定义。三是小说里一段段引人发笑的幽默语言，读起来让人忍俊不禁，这些生活化的幽默语言与插科打诨成为了主人公消除困难最好的武器和良方，“贫嘴”绝对不是虚名，关键时刻总能起到奇效，甚至出现了“贫嘴”胜于雄辩的经典战例。正如黑格尔所说，“幽默所涉及到的主要是人格的精神价值”，我们也从这些幽默的语言中看到了张大民优秀的人格精神和永不服输、乐观向上的生活态度。

当我们一边享受着国家的改革和发展带来的进步，一边品尝着生活的苦辣酸甜时，我们总是希望能从中寻找到一条和谐融洽地处理好理想生活与现实世界的路，这也正是我们作为新时代的中国人自身的价值理想和价值追求。《贫嘴张大民的幸福生活》为处在烦恼人生中的我们带来了全新的思考方式和生活模式，坚韧乐观、踏实肯干、勤劳俭朴是我们传统文化中的优秀美德，也是我们在现代社会坚持自我、通向幸福的法宝，它使我们能从烦恼麻木的生活中解脱出来，困顿中不失激昂，软弱处更见坚强，迷茫中寻求希望，平凡中不失光亮，我们将会满怀希望地生活下去，追求属于我们自己的新生活，走进我们国家的新时代。

作品DVD发行包装封面

《抉择》

文学类型：长篇小说，电视剧

作者：张平（1953— ）；陈国星（1956— ）、朱德承（1948— ）（导演），高满堂（1955— ）（编剧）

首发刊物：《啄木鸟》

发表时间：1997 年第 2、3、4 期发表，1998 年播出

主体精神：国企改制过程中和腐败分子的斗争，对社会主义、对“为人民服务”党性的坚守

记忆因子：党的好干部李高成在国企改革时期，顶住压力，和腐败分子的斗智斗勇

关键词：抉择，改革，市场化，反腐，李高成

张平的《抉择》首先于 1997 年发表在《啄木鸟》的第 2、3、4 期上，甫一问世便引起了广泛的影响和震动，有人甚至用“振聋发聩”来形容其影响。作品反映了 20 世纪 90 年代在计划经济被打破之后，市场经济体制下私营经济、个体经济开始活跃发展，催促了国有企业的改革和发展的状况，不少国有企业乃至国有大中型企业纷纷倒闭破产，一时间不少工人下岗失业。东欧剧变和苏联解体给当时的世界带来了不小的影响，关于政府对于发展私有制经济的鼓励，香港、澳门回归后的一国两制政策等因素的影响，有人提出了质疑，社会主义能坚持多长时间？这种质疑和变化在敏感的政治家眼中看来是一种政治社会变革的前兆和信号，于是一小撮领导和干部借改革之机，大肆玩弄权术，攫取国家财富，损害人民利益。作品揭露的就是1990年代国企改革时期存在的这样一个事实，引发了全社会的广泛关注和重视。

在1978年党的十一届三中全会后，在工业建设和经济发展上，要求实施改革开放，鼓励以公有制经济为主导，多种所有制经济共同发展，齐头并进。而改革开放迎来的是一场前所未有的经济大爆发，个体经济如雨后春笋般地在祖国大地上生根发芽，长势良好，绽放出灿烂的经济之花，原有的大型国营企业在市场经济的冲击下也纷纷改组，优化升级。碍于国有企业生长于计划经济的年代，其生产管理方式在一段时期内是以行政命令的手段来代替科学的现代经济、企业管理方式，因为缺乏先进的管理经验和理念，国有企业尤其是国有大型企业背负着过重的包袱，以及企业工人长期形成的传统观念，在实现市场经济的初期，对国有企业的改革困难重重，国有企业的改革失败导致破产也是常有的事。也正是国有企业在改革上失败有了不少例子，所以给了一些国有企业的领导和干部以不法之机，借助这种改革失败的“惯性”和“例子”，对公有财产进行巧取豪夺、侵吞占有。

曾经作为中阳纺织集团公司厂长和书记的李高成，一身清廉，是一个实干家。对于这个曾经自己工作过的企业，此时已经作为一个省会城市市长的李高成一直很放心，对企业的领导班子也一直很信任和满意，因为那是曾经和他一起砥砺过风雨并且经受过了考验的一个班子。直到中阳纺织厂的工人聚集，马上要到市政府门口去上访时，这位曾经的老厂长才知道厂里的工人已经近十个月没发工资，退休工人的工资也有四个月没发了。面对工人们对现任领导班子挪用公款、化公为私、贪污腐化的控诉，李高成是那么的痛心和愤怒，当即表态一定要彻查此事，给工人们一个满意的交代，可面对中纺党委书记陈永明、总经理郭中姚、副总经理冯敏杰等这一批自己选定和提拔的干部的辩解，李高成又禁不住有了许多同情和理解。一边是中阳纺织厂两三万名工人的集体不满和控诉，一边是自己亲自提拔和任用的老部下，李高成在这两者之间要做出抉择。

东欧的巨变和苏联的解体对社会主义世界造成了巨大的冲击。在改革开放、经济市场化的这种发展趋势和社会环境下，领导干部的权力在缩水，一部分人产生了恐慌，开始对社会局势产生怀疑，对社会主义产生动摇。于是他们加紧利用党和人民赋予他们的权力，在国企改革这个当口的各个环节大捞特捞，如果还是社会主义，那么他们还是做自己的官，如果是资本主义，那么他们拥有资本积累。所以，当第一次听妻子谈到中纺的事，“这会儿的事情，查谁查不出问题来？要是一查，这个班子可就全完了。要是班子完了，这个公司你可是想救也救不了了。这么大的一个企业，若要一查起来，说不定就会拔出萝卜带出泥，一带就是一大片。到了那时候，只怕连你的位置也稳不了”。这让李高成对于这个朝夕相伴二十余年的妻子感觉陌生。等到妻子拿出严阵的妻弟——“特高特”客运公司董事钞万山送来的 30 万巨款，自己更彻底认清了眼前这个妻子已经不是当初自己认识的那个妻子，而是腐化成了一条弄权的社会蛀虫，已经站到了工人阶级的对立面。面对妻子的腐败行为，自己是要庇护，保全这个家呢，还是要公事公办，严肃处理，与之划清界限？李高成要做出抉择。

在得知将自己一手提拔上来的省委副书记严阵和中阳纺织厂的腐败案件有关时，李高成始终不敢相信，也不愿意相信这个比自己还小一岁，大家公认的省委里最有前途的副书记会是一个腐败分子。“若是一个人没了圈子，什么时候想扳倒你，就能什么时候扳倒你。李高成，我最后再给你说一句，要是没有这么多人在背后支撑着你，你想想你究竟干得成什么……”那么，是站在“圈子”里面受到“组织”的保护呢，还是跳出这个“圈子”，坚守自己的信念和准则？面对严阵的威逼利诱，李高成必须做出抉择。

当初自己亲选的认为经得住考验的领导班子集体腐败，当初提拔自己的被自己认作行事楷模的省委副书记是一个腐败群体的头头，就连自己相伴多年的妻子吴爱珍也闹下了近两百万的“干净钱”，眼前的生活仿佛全是假的，自己一直活在一个大骗局中。面对这样一个无论是在数量上还是权力上远远高于自己的腐败群体，平日里前呼后拥、风光无限的市长竟成了孤家寡人。也许此时只剩下一向给自己感觉良好的搭档——市委书记杨诚了。这个和自己共事一年多的年轻市委书记在此前和自己对待中阳纺织厂的意见上存在巨大分歧，在自己做出重要决定和行动的时候常说一些发人深思的话，行动让人摸不透的搭档是跟自己在一条战线上的吗？自己的种种压力和真实想法能让他知道，能和他交流吗？李高成必须做出抉择。

中纺的腐败牵涉了太复杂的关系和太多的人，“大查大问题，小查小问题，不查没问题”，睁一只眼闭一只眼，自己官照做，家庭依旧和睦，领导还是领导，下级还是下级，一片和谐。如果彻查，则有可能会查得自己众叛亲离，家破人散，甚至把自己搭进去。是要彻查清理出凌驾于工人之上、寄生在中纺里的害人蛀虫，给工人们一个明确的交代，还是保全自己的荣华富贵？李高成必须做出抉择。

压力和工作的疲劳让本来瘦弱的李高成倒下了，但哪怕是在医院里，腐败分子们也不留余力，千方百计地对他施放糖衣炮弹，希望能够将他拉上贼船。为自己的安危默默守在医院外的几千名工人，朴实市委书记杨诚的深夜到访，让李高成更加坚定地选择了党，选择了工人阶级，也最终让自己看清了以严阵为代表的腐败分子的狠毒、虚伪和丑恶嘴脸。在个人利益和群众利益的面前，在国家利益和个人利益前，李高成终于坚定地选择了群众利益、国家利益，坚定地站在了全民公敌的对立面。

读张平的《抉择》，像是在读一个活生生的李高成。恩格斯对现实主义创作提出了描写“典型环境中的典型人物”，在《抉择》中，李高成这个市长形象在其生活的环境中被描绘得活灵活现。他是一个实干家，不喜欢出现在记者的镜头里，只会谋事，不会谋人，瘦小的身躯经常披着一件旧得发白的军大衣以至于走到“青苹果娱乐城”被保安奚落，去到败落的中阳纺织厂子弟学校被三个年轻老师冷嘲热讽。他是一个“不接地气”的“冷酷”市长，在他这儿从来送不进去东西，以至于送东西的人把礼物送进了他妻子手里，送到他的孩子身上甚至是保姆手里。他是市长，所以说话、思考常带有总结性，哪怕是在倾听完好几十号职工代表的陈述后依然能够条理清晰地将一二三点概括出来。

然而李高成终究还是一个人，一个有血有肉，一个有着七情六欲、复杂情感的人。在干部活动中心了解到中纺职工的境遇，为中纺职工而愤慨，在简陋的会议室里，听到中纺领导的一番煽情辩解也为之同情。那头是工厂的主人，用一生心血在捍卫工厂，捍卫自己的“家园”，这边毕竟是他的老同事、老部下，都有感情，都难以割舍，所以起初他一直在寻求一个既能够解决好问题又能不伤害谁的两全之策。在知道妻子也在腐化之列之后，尽管她已经触犯了法律，但李高成依旧对妻子抱有希望，希望她能够辞去反贪局长之职，放弃名利羁绊，回到正途上来，没有立刻大公无私地检举揭发。在把自己的一切告诉市委书记杨诚前，李高成心理斗争激烈，一直在权衡利弊和得失，甚至不免产生了一些事后自己认为龌龊的想法。

人是一个有感情、有情绪的复杂合体，生活中有这些表现的人才是一个真实、活着的人，作品对李高成的塑造给人留下的就是一个平凡人的形象，而不是那种模板式、高大全的刻画和生产。在塑造了李高成丰满性格的同时，市委书记杨诚的果敢干练、省委书记万永年的睿智和蔼以及省委副书记严阵，中阳纺织集团公司总经理郭中姚、副总经理冯敏杰等一批腐败领导干部的狡诈和跋扈，群而不同，都有着鲜明的个性，给读者留下了深刻的印象。

张平的《抉择》是写在对国有企业的广泛接触和调查基础之上的。相对于“反思文学”时期来说，1990 年代的文学更多地是趋向市场、趋向大众的文化消费，对于那些“反思文学”经常触及的深刻的“为什么”少有作品问及。尽管 1990 年代后期文学呈现出精神力量缺乏的特点，可面对今日的穷困和落魄，每一个有良知的作家都不禁要问“为什么”，每一个有良知的作家都不忍直视，同在一个单位，同为一个国家服务，为什么领导和普通职工的差别却是天上地下？为什么辛苦劳作的工人还在温饱线上挣扎而领导干部却是锦衣玉食？为什么人前口口声声说为人民服务，背地里却干着危害国家、危害人民的勾当？……正是这一个个“振聋发聩”的“为什么”给予了当代人们警醒，正是这些“为什么”一个一个敲打着人们的心门，而这些“为什么”，实际更是一道一道对执事者灵魂的拷问。

作品插图

在和平年代，危害一个国家长治久安和人民生活的往往是腐败，而大多数腐败分子手里往往又攥着一定的权力。人民群众中自古容不得腐败分子横行跋扈，尤其是新中国成立以来，腐败一直是党和政府狠抓严打的对象。只要是站在国家和人民的对立面，无论他有着多大的势力和后台，我们的党、国家和人民永远不会畏惧和妥协。

在新中国建国 50 周年之际，《抉择》这部长篇小说被推举为建国 50 周年 10 部献礼长篇作品之一，并获 2000 年度第五届“茅盾文学奖”。好的文学作品往往都是对人类生活的观照，《抉择》反映了 1990 年代社会存在的一种状况，警醒党的干部和领导，对于腐败不能掉以轻心，同时也告诫那些腐败分子，党和人民总有一天会和你算总账，党和国家有坚定的反腐决心。

后　记

在历史长河中，几十年不过是一瞬，站在今天看历史，几十年永远不过是一段平淡无奇的时间，只有进入这段时间中，静下心来看、听、感受，方能体会它也是一段由鲜活的生命构成的真实的过程，那些为我们今天所用的结论和教训，得来的代价是前人摸爬滚打的经历甚至鲜血和生命。这个过程里充满欢笑与泪水，顺遂与坎坷，它是我们曾经的成长环境，孕育我们生命的土壤，今天遇到的很多问题，其实历史早就给出了答案，在那片土壤中，早就埋下了我们今天的轮廓。

历史与我们之间必然存在一些难以跨越的距离，但隔膜也提供了看待历史的新方法：它使我们看待历史的方式多了一个对比的角度，在对比中，更有助于我们明白所得与所失以及为得失付出的代价。之所以做这个选题，就是希望通过联系作品的产生、读者群体的接受、作品产生的社会影响等因素呈现一个时代的精神面貌，呈现共和国文学参与社会主义核心价值体系形成的过程，并与我们身处的时代形成对比，来发现变化，思考得失。因为历史毕竟不是一个结果，而是过程，只有知道从哪里来，才能知道到哪里去。

入选的部分作品，从文学性的角度来说，也许还有待商榷，但难能可贵的是，它们已经在一定时期内引起广泛的共鸣，融入民族的血液，成为整个民族的建设力量，尤其是在物质贫乏的年代，它们以精神食粮的形式代替了物质食粮，激励着一个民族前行，不仅使人忘记了暂时的艰难，还使整个民族处于昂扬乐观的状态。时至今日，这些作品的影响力仍毫不衰竭，提起那些耳熟能详的人物，人们仍然难以抑制内心的激动。

这些作品共同呈现了新中国的主人翁形象。他们首先是《林海雪原》、《红岩》、《青春之歌》等作品塑造的新中国的创立者。他们是杨子荣、许云峰、江姐和卢嘉川等等。他们用坚若磐石的信念和昂扬乐观的精神，承受着黎明前的黑暗，将建设新中国的重担放在了自己的肩上，从不怀疑、从不犹豫、从不后退。他们忘记了物质的贫乏和身体的痛苦，完全不计较个人得失，为了这个信念，他们不仅能够笑对暴风雨的洗礼，甚至甘愿牺牲自己的生命。新中国的主人翁还表现为《创业史》、《李双双小传》、《乔厂长上任记》等作品展现的建设者的形象。他们根正苗红，经历了新中国建立前后翻天覆地的转变，第一次走上历史舞台，前辈的事迹给他们带来无穷的力量，他们将这种力量和激情投入到了新中国的建设中去，用欣喜的目光欣赏着中国一天天的变化，为这种变化感到由衷的自豪。他们真正把新中国当做自己的家，把新中国的建设当作自己的事。梁生宝、乔光朴、李双双，以及雷锋，都是一些小人物，但他们从不自轻自贱。相反的是，他们相信自己的一举一动对于建设新中国的意义。他们乐于奉献、不知疲倦，为了新中国建设只争朝夕，这是爱国主义的又一延续。随着新中国的进步，人们的生活水平得到提高，环境也开始变得复杂，共和国文学走入了个人历史和区域历史的阶段，《哥德巴赫猜想》、《平凡的世界》等作品塑造了一批新中国的探索者形象。他们采用自己的方式，更加注重个人经验对于历史书写的意义，更加关注个人的、区域的历史，通过这种方式，继续自己对人的探索。这一时期的作品，更加真实、细腻，真正走入了文学的范畴，不再是呈现，而是创作，作者不仅关注历史，还关注历史中的人。而随着环境的变化和文学观念的成熟，共和国文学也经历了很大的变化，从初期关注时代，到现在关注时代里的人。从政治文化背景到大众文化背景，共和国文学在表现形态上呈现出很大的变化，既有如张平的《抉择》等爱国主义和理想主义色彩不再那么一目了然，而是化作润物细无声的自我责任和自我拷问的一类，也有《渴望》和《贫嘴张大民的幸福生活》等那些用不同类型作品来表现面对现实生活的同样的乐观和坚守的一类。

回顾这些作品，它们不仅为我们呈现了一段历史，而且还有一种精神，那是新中国创立者忍辱负重、视死如归、我以我血荐轩辕的牺牲精神，那是建设者大公无私、爱国如家、为社会主义建设只争朝夕的昂扬乐观的激情，那是新时期探索者以身作则、自我为难、上下求索的苦心孤诣。不同的年代里，爱国主义精神展现出不同的面貌：从动荡年代到和平年代，爱国主义精神由舍生取义、无畏生死，化作不同岗位人们的冲天热情，成为建设新中国的力量。正是有了这些精神的支撑，我们挺过了最艰难的年代，共和国取得了令世界瞩目的成就。

从这些作品中，还能看到一种难能可贵的品质——作者和作品的“同一”。雷锋在工作和日记中洋溢的激情，李准为写作《李双双小传》在农村长达两年的体验，死里逃生的罗广斌、杨益言为写作《红岩》长达十年的资料搜集，路遥的农民本色及其呕心沥血……这种品质是共和国文学作家的普遍特质，他们不是把文学当做玩儿票的娱乐甚至业余爱好，而是当作工作和活着的方式、实现个人价值的途径、为国家贡献一己之力的方法，他们沉浸其中乐此不疲。

有意味的是，从一些谍战剧、抗战剧在新世纪火热起来之后，文学以及影视作品创作的视野更加宽阔，手法也更加多样了，但是，并不是仅靠种种所谓情爱纠葛、多重关系、正反逆袭等等就可以使人物变得立体真实，也不是想当然地赋予英雄们以更加丰富的七情六欲就是历史或艺术的真实！我们现在认为不可思议的“高大全”、“毫不利己专门利人”等品质，难道不是真实地在历史中存在过？时代变了，环境变了，我们变了，导致对于曾经的真实感到匪夷所思，而这实际应该是我们反思的开始，因为这种商业化的解读也是一种对经典的亵渎。与艰苦年代里人们的不计较个人得失、严于律己、从不抱怨的品质形成鲜明对比的是：在物质条件得到巨大提高的现在，我们的个人本位、讨价还价、牢骚满腹，对国家的不信任和抱怨。再次提到雷锋、江姐等历史人物，人们只是将他们当做概念化的英雄，而非有血有肉的历史人物，看到英雄就义、别妻弃子等场面，少了感动，出于本能地感到可笑或肉麻，现代的我们看待自己的历史，第一感觉是不真实，这难道不是应该引起反思的事情吗?!

值得欣慰的是，革命斗争的题材、人民的主题毕竟还在，这至少也反映了《红岩》、《林海雪原》、《创业史》乃至《闪闪的红星》等作品在人们脑海中留下的经典记忆，从另一个角度显示了"共和国文学的经典记忆与价值理想"，使这一选题显得更有必要更具意义。共和国文学已经走过了近七十年的时间，已经是时候让我们对自己进行一个总结，看看收获的同时失去了什么，反思共和国文学的经典记忆和价值理想是否真的已经过时。通过对历史记忆和价值理想的呈现，再现那段"激情燃烧的岁月"，引起人们的反思。因为我们相信，不论世事怎么变化，环境多么复杂，人的心总是古典的，无论大众文化背景多么纸醉金迷群魔乱舞，人对理想和信仰的追求绝不会止步，这是一个"衣食足而知荣辱、仓廪实而知礼节"的过程。如果这本书，能在人们试图寻找信仰和理想的时候，为其提供一点点线索，便足以使人欣慰。

再需要说明的有三：一是考虑到所谓"经典"的历时性与共时性的统一，我们没有选择新世纪以来的作品，这并不意味着我们对于新世纪文学的忽略或小觑，只是想留待更多的时间来检验和提炼更多的经典尤其是记忆；二是尽管作为一个项目的完成可以由负责人来署名，但这本小书更多还是集体的成果，东北师范大学文学院中国现当代文学专业团队的吴景明、苏奎、韩晓琴、于文夫等各位老师，以及刘芳坤、姜翼飞、张政等多位博士生，都为这本小书作出了重要贡献，在此一并鸣谢之余，还望得到更多专家学者以及大众读者的批评指正；三是本书中使用的各类照片均来自各种出版物，未能与原作者取得联系，如有版权费用，敬请联系作者，在此先行致谢。

教育部哲学社会科学研究普及读物书目
（有*者为已出书目）

2012年度

《马克思主义大众化解析》 陈占安

*《马克思告诉了我们什么》 陈锡喜

《为什么我们还需要马克思主义——回答关于马克思主义的10个疑问》 陈学明

《党的建设科学化》 丁俊萍

*《〈实践论〉浅释》 陶德麟

《大学生理论热点面对面》 韩振峰

*《大学生诚信读本》 黄蓉生

《改变世界的哲学——历史唯物主义新释》 王南湜

《哲学与人生——哲学就在你身边》 杨耕

*《人的精神家园》 孙正聿

*《社会主义现代化读本》 洪银兴

《中国特色社会主义简明读本》 秦宣

《中国工业化历程简明读本》 温铁军

《中国经济还能再来30年快速增长吗》 黄泰岩

《如何读懂中国经济指标》 殷德生

*《经济低碳化》 厉以宁 傅帅雄 尹俊

《图解中国市场》 马龙龙

*《文化产业精要读本》 蔡尚伟 车南林

*《税收那些事儿》 谷成

*《汇率原理与人民币汇率读本》 姜波克

*《辉煌的中华法制文明》 张晋藩 陈煜

*《读懂刑事诉讼法》 陈光中

*《数说经济与社会》 袁卫 刘超

*《品味社会学》 郑杭生等

*《法律经济学趣谈》 史晋川

《知识产权通识读本》 吴汉东

《文化中国》 杨海文
*《中国优秀礼仪文化》 李荣建
*《中国管理智慧》 苏勇 刘会齐
*《社交网络时代的舆情管理》 喻国明 李彪
*《中国外交十难题》 王逸舟
*《中华优秀传统文化的核心理念》 张岂之
*《敦煌文化》 项楚
*《秘境探古——西藏文物考古新发现之旅》 霍巍
《民族精神——文化的基因和民族的灵魂》 欧阳康
*《共和国文学的经典记忆》 张文东
*《中国传统政治文化讲录》 徐大同
*《诗意人生》 莫砺锋
《当代中国文化诊断》 俞吾金
*《汉字史画》 谢思全
*《"四大奇书"话题》 陈洪
*《生活中的生态文明》 张劲松
《什么是科学》 吴国盛
*《中国强——我们必须做的 100 件小事》 王会
*《我们的家园:环境美学谈》 陈望衡
《谈谈审美活动》 童庆炳
《快乐阅读》 沈德立
*《让学习伴随终身》 郝克明
《与青少年谈幸福成长》 韩震
*《教育与人生》 顾明远
*《师魂——教师大计师德为本》 林崇德
《现代终身教育理论与中国教育发展》 潘懋元
*《 我们离教育强国有多远》 袁振国
《通俗教育经济学》 范先佐
《任重道远:中国高等教育发展之路》 李元元

2013 年度

《中国国情读本》 胡鞍钢
*《法律解释学读本》 王利明 王叶刚
*《中国特色社会主义经济学读本》 顾海良
*《走向社会主义市场经济》 逄锦聚 何自力

*《中国特色政治发展道路》 梅荣政 孙金华
《什么是科学的经济发展——基本理论与中国经验》 谭崇台
*《“中国腾飞”探源》 洪远朋等
*《社会主义核心价值观的“内省”与“外化”》 黄进
《什么是马克思主义，怎样对待马克思主义——马克思主义观纵横谈》 高奇
《中国特色社会主义“五位一体”总布局研究》 郭建宁
*《国际社会保障全景图》 丛树海 郑春荣
《社会保障理论与政策解析》 郑功成
《从封建到现代——五百年西方政治形态变迁》 钱乘旦
《GDP 的科学性和实际价值在哪里》 赵彦云
《社会学通识教育读本》 李强
《传情和达意——语言怎样表达意义》 沈阳
《生活质量研究读本》 周长城
*《做幸福进取者》 黄希庭 尹天子
《外国文学经典中的人生智慧》 刘建军
《什么样的教育能让人民满意》 石中英
《正说科举》 刘海峰

2014 年度

《“中国梦”的民族特点和世界意义》 孙利天
《“中国梦”与软实力》 骆郁廷
《走进世纪伟人毛泽东的哲学王国》 周向军
《社会主义核心价值观与我们的生活》 吴向东
*《中国反腐败新观察》 赵秉志 彭新林
《中国居民消费——阐释、现实、展望》 王裕国
《从公司治理到国家治理》 李维安
《“阿拉伯革命”的热点追踪》 朱威烈
《中国制造的全球布局》 刘元春
《从小康走向富裕》 黄卫平
《中国人口老龄化与老龄问题》 杜鹏
《重塑中国经济版图：区域发展战略与区域协同发展》 周立群
《钓鱼岛归属真相——谎言揭秘（以证据链的图为主）》 刘江永
《走入诚信社会》 阎孟伟
*《美国霸权版“中国威胁”谰言的前世与今生》 陈安
《如何认识藏族及其文化》 石硕
*《中国故事的文化软实力》 王一川等
《文化遗产的古与今》 高策

《课堂的革命》 钟启泉
《大学的常识》 邬大光
《识字与写字》 王宁

2015 年度

《我们为什么需要历史唯物主义》 郝立新
*《全面建成小康社会中的农民问题》 吴敏先等
《法治政府建设的基本原理与中国实践》 朱新力
《走向全面小康的民生幸福路》 韩喜平
《我们时代的精神生活》 庞立生
《习近平话语体系风格读本》 凌继尧
《为什么南海诸岛礁确实是我们的国土?》 傅崐成
《生活在“网络社会”》 陈昌凤
《中国古代发达的农业和农业文明》 贺耀敏
《你不能不知道的刑法知识》 王世洲
《从安纳伯格庄园到中南海瀛台——构建中美新型大国关系的故事》 倪世雄
《如何提高创新创业能力》 赖德胜
《身边的数据会说话》 丁迈
《中国与联合国》 张贵洪
《中国特色的佛教文化》 洪修平
《敦煌与丝绸之路文明》 郑炳林
《艺术与数学》 蔡天新
《走近档案》 冯惠玲
《中华传统文明礼仪读本》 王小锡
《重建中国当代伦理文明与家教门风》 于丹
*《文化兴国的欧洲经验》 朱孝远
《中国人民伟大的抗日战争》 陈红民
《心理学纵横谈》 彭聃龄
《教育振兴从校园体育开始》 王健
《核心素养:教育领域综合改革的方向》 靳玉乐